Bien que le vin m'ait souvent trahi
Et déshonoré au regard des hommes,
Le sort du tavernier ne cesse de m'émerveiller.
Que peut-il acheter de meilleur qu'il ne vend ?

W0278629

Le procureur :

Mesdames et Messieurs les jurés : les témoignages que vous venez d'entendre ont brossé un tableau d'ignominie, d'effroi et de confusion. Les faits, présentés sous forme de vignettes lors de l'audition, constituent un moyen de preuve. Il vous appartient maintenant d'étudier ces vignettes, de rejeter celles qui vous paraissent erronées, et d'assembler les autres pour établir la vérité. Vous rendrez votre verdict en fonction du tableau que vous reconstituerez, en toute honnêteté et objectivité.

Mon devoir n'est pas de garantir une inculpation, mais de vous aider à prononcer un verdict juste. Cette tâche est rarement simple, et, dans le cas qui nous intéresse, particulièrement complexe. Nous devons cette complexité à la nature des faits, à l'incohérence des dépositions et même aux limites du droit pénal car il est manifeste que l'accusé n'avait aucune intention de tuer, ni même de blesser la victime. Mais, comme M. le juge vous le dira, tout cela est hors de propos. J'y reviendrai.

Permettez-moi pour l'instant de récapituler les éléments de l'enquête, à l'issue de quoi, à mon avis, vous ne pourrez qu'opter pour le verdict de culpabilité : je vais retracer les événements survenus le samedi dix-sept du mois de juin dernier à l'hôtel Calpe.

L'avocat de la défense :

Mon éminent confrère a très justement souligné qu'il n'était pas de son devoir de garantir une accusation. Son devoir, comme le mien et celui de ce tribunal, consiste à établir la vérité. Je soutiens, en toute sincérité, qu'en faisant la lumière sur cette affaire vous n'aurez d'autre choix que de déclarer l'accusé « non coupable ».

Mon collègue a mentionné des témoignages qui ont brossé un tableau d'ignominie, d'effroi et de confusion. J'irai plus loin : ils vous ont donné un aperçu de l'enfer, un enfer qui s'est tissé dans la fibre même de la vie civilisée, de notre quotidien.

Monsieur le juge vous guidera et vous le rappellera à bon escient : vous devez respecter la procédure pénale. Au cours de l'audience, la culpabilité de certaines personnes qui ne comparaissent pas devant ce tribunal vous apparaîtra clairement. Monsieur le juge vous dira, et à raison, que tout cela est hors de propos, mais il ne manquera pas d'ajouter ceci : si le tableau de dépravation sordide que l'on vous a présenté est embrouillé au point que vous ne puissiez être convaincu, en votre âme et conscience, de la culpabilité de l'accusé, vous n'aurez d'autre choix que de le déclarer non coupable.

Le témoignage humain comporte toujours un élément de subjectivité, ce qui explique pourquoi des personnes honnêtes donnent en toute bonne foi des versions contradictoires du même événement. Souvenons-nous aussi que la vérité existe parfois dans la démesure… Les événements de l'hôtel Calpe en sont un exemple flagrant.

Le juge :

Mesdames et messieurs, comme mes éminents collègues l'ont exposé avec éloquence, l'homme ordinaire a une compréhension limitée du droit criminel : elle n'est pas forcément juste, ni forcément la seule possible. La procédure pénale nous oblige à prouver un certain nombre de points avant de pouvoir affirmer qu'un meurtre a été commis. Nous devons prouver :

Qu'il y a eu mort d'un être humain ;

Que le défunt était effectivement un être humain ;

Que les actes, ou le manque d'action de l'accusé, ont causé la mort de la victime ;

Que ces actes, ou ce manque d'action, ont été perpétrés avec une indifférence inconsidérée, avec l'intention de tuer ou de gravement nuire à autrui ;

Ou que ces actes, ou ce manque d'action, ont été perpétrés alors que l'accusé tentait de commettre des faits manifestement dangereux, passibles soit de la peine de mort, soit des travaux forcés à perpétuité.

Mesdames et messieurs, nous devons aussi prouver que ces actes, ou ce manque d'action, résultent d'une intention criminelle nullement justifiable.

Il nous appartient enfin de prouver que la victime a succombé aux blessures ou autres préjudices imputables à l'accusé, et ce à moins d'un an et un jour des faits.

Telle est la loi, mesdames et messieurs les jurés. C'est à vous qu'il incombe de décider, à travers l'audition des événements survenus le dix-sept juin à l'hôtel Calpe, si vous disposez de preuves concluantes pour rendre votre verdict.

L'hôtel[1] était plutôt vieux pour l'Australie, mais quelques années auparavant, un nouveau propriétaire l'avait aménagé pour en faire ce qui, dans son esprit, ressemblait à un café espagnol. Il avait crépi la façade, l'avait peinte en blanc et avait ajouté quelques fausses voûtes au-dessus des portes. Les toiles des marquises avaient apporté des touches de couleur criardes au bâtiment blanc cru, mais, détériorées par l'air marin, elles avaient été remplacées par des stores métalliques.

L'hôtelier hispanisant n'avait pas fait de bonnes affaires et, ces dernières années, le commerce avait changé plusieurs fois de mains. Le crépi s'effondrait par plaques et le bâtiment semblait couvert de plaies. Les stores métalliques étaient ternis et défraîchis. À l'intérieur, dans les salles

1. L'hôtel australien typique est immense : il fait office d'hôtel, abrite un ou plusieurs restaurants, de nombreuses salles de bar (le *public bar* où buvaient surtout les hommes et le *lounge* pour les dames ou les familles), un magasin de vente d'alcool à emporter, des *beergarden* extérieurs, des terrasses et parfois des boîtes de nuit ou salles de bal. (NdT)

de bar ténébreuses, les relents de bière puants se mêlaient aux odeurs des toilettes qui ne fonctionnaient jamais correctement et que l'on nettoyait rarement. La clientèle, exclusivement locale, ne fréquentait l'hôtel que parce que le pub le plus proche était à une dizaine de kilomètres. La bâtisse croulante et décrépite était devenue un triste monument aux ambitions incongrues de ses détenteurs successifs.

Le propriétaire actuel avait ainsi réussi à l'acheter à bon prix. Doué d'un certain sens du commerce et d'un flair remarquable quant aux besoins de la jeunesse du vingtième siècle, il avait fait recrépir et repeindre la façade, décaper les bars, revêtir les murs de métal et de plastique et poser de la moquette. Il avait trouvé le nom approprié à chacune des salles rénovées : « Bar des bêtes », « *Lounge* des amoureux » et « Salle des surfeurs ». Les toilettes délabrées, carrelées à neuf, affichaient respectivement « Marins » et « Sirènes » sur leurs portes. Un raccord sauvage, de la fosse septique à la mer, avait efficacement résolu le problème des égouts ; les conduits d'eaux usées débouchaient à quelques mètres de la côte. La majeure partie de la plage était devenue inutilisable, mais le propriétaire n'avait jamais eu vocation à inciter les gens à se prélasser sur le sable.

Pour les décors muraux, il avait puisé dans l'attirail de mer, sportif et professionnel : planches de surf, masques de plongée, tubas, cordages, filets de pêche et ainsi de suite, le tout accroché en haut des murs, hors de portée des clients.

Dans le *lounge* principal, l'hôtelier avait fait dresser une estrade et installer un système de sonorisation d'une telle puissance que, les jours de calme, on pouvait l'entendre à plusieurs kilomètres à la ronde.

Pour relayer le bruit proposé sur scène, il avait branché à l'autre bout de la salle un énorme jukebox étincelant, lui aussi d'une intensité sensationnelle, mais pas autant que la sono. Afin de s'assurer que personne ne boive en silence, des haut-parleurs diffusaient de la musique enregistrée dans tous les endroits publics de l'hôtel et il avait fait encastrer un gros poste de télévision dans le mur du *public bar*, qui devait rester le domaine des gens du coin.

Les rénovations terminées, le propriétaire avait ajouté la dernière pièce de son dispositif : un gérant pour administrer le tout. Il le choisit homme d'expérience et amoureux de son métier. Le propriétaire put alors se retirer, satisfait de son travail et, comme il était très riche, heureux d'attendre, des années si nécessaire, pour en récolter les fruits.

Le patron de l'hôtel s'appelait Mick. La plaque affichée au-dessus de la porte précisait, comme l'exige la loi, que son nom de famille était Buchanan et que sa licence l'autorisait à vendre des boissons fermentées et alcoolisées ; mais on ne le connaissait que sous le nom de Mick.

Il était d'une taille gigantesque et d'une énergie extraordinaire. S'il avait eu figure humaine, on aurait pu qualifier son visage de laid, mais une telle description eût été aussi incongrue que d'évoquer la « laideur » des traits d'un primate. Il avait un visage hideux, mais avec une telle constance qu'il semblait avoir été conçu ainsi à dessein, dans un objectif obscur certes, mais sans appel. Ses lèvres épaisses et sa large bouche amorphe suivaient, en tremblant comme de la gelée, le rythme des poches qui lui pendaient sous les yeux et autour du menton. Ses yeux, pâles et légèrement saillants dans les bourses de sa peau blême, ressemblaient à deux petits œufs pochés. Son épaisse chevelure frisée, grisonnante maintenant qu'il avait atteint la quarantaine, aurait pu représenter son unique atout physique, mais il la coupait si court qu'elle lui collait sur la tête comme de la paille de fer.

Du haut de son mètre quatre-vingts bien tassé, Mick avait le corps solide d'un joueur de football australien sur lequel on aurait superposé plusieurs couches de graisse, d'une épaisseur variable selon les parties du corps. Il était tout en graisse : doigts gras, jambes grasses, bras gras, un nez gras et des oreilles grasses, sans parler d'un corps énorme, une coulée symétrique de graisse. Son physique imposant était renforcé par une énergie débordante. Il se déplaçait toujours avec vivacité, presque au trot, et il fallait être un client sacrément courageux pour ne pas s'écarter poliment lorsque Mick, solide et invincible comme un taureau, sillonnait les salles au pas de course.

Il s'exprimait par tirades rapides et saccadées qui auraient indiqué de la nervosité chez un homme susceptible d'avoir des nerfs, mais chez Mick, la rapidité d'élocution était une forme d'efficacité. Il était très efficace.

Depuis qu'il avait pris l'hôtel en gérance, il ne s'était jamais accordé un jour de congé et n'avait pas quitté l'hôtel plus de quelques heures.

« L'hôtel, c'est toute sa vie, disait sa femme Jenny. Je le savais avant de l'épouser. Il ne faut jamais empêcher un homme de réaliser ses ambitions, alors je l'accompagne. »

Pour l'« accompagner », elle devait servir au bar, s'occuper de la comptabilité, donner la main en cuisine, jouer le rôle de guide, d'âme sœur et réconforter Mick au lit. Jenny était aussi grasse que lui, mais toute petite. Moins d'un mètre cinquante séparait ses pieds dodus de ses cheveux très blonds disposés en boucles serrées autour de ses petits yeux bruns et brillants, toujours rieurs. Elle bondissait avec entrain d'une salle à l'autre, comme un pudding jovial et animé, presque aussi énergique que Mick. D'ailleurs, vus de dos quand ils trottaient dans l'hôtel, côte à côte, ils ressemblaient à un éléphant et son éléphanteau.

Jenny était sans doute une vraie blonde et elle accentuait son teint naturellement blafard par une épaisse couche de poudre, ce qui, à une certaine distance, renforçait l'illusion du pudding en lui ajoutant un glaçage de sucre blanc.

Les années passées dans les pubs avaient marqué le teint de Mick, mais des vestiges de vie au grand air lui avaient laissé la peau encrassée, d'une couleur jaunâtre ou brunâtre, fort semblable à celle de la bière éventée.

Ils formaient un couple bizarre, mais c'était précisément leur apparence qui leur donnait un semblant de personnalité humaine. Ils faisaient de la norme une parodie de la perfection ; sous un aspect grotesque qui leur conférait une amabilité superficielle, ils étaient aussi funestes que le bacille de la tuberculose.

Bien que mariés depuis vingt ans, Mick et Jenny n'avaient jamais eu d'enfants. Pour combler ce manque, ils accueillaient une succession de chats, auxquels ils étaient dévoués corps et âme. Un matou monstrueux, Mol[1], était le dernier bénéficiaire de leurs affections. Mol avait été nommé ainsi par erreur. Quand il avait remplacé le précédent chat tigré – écrabouillé par un fût de bière que l'on déchargeait d'un camion –, il n'était qu'un chaton et on ne lui avait pas attribué le bon sexe. Au fil du temps, la vraie nature de Mol s'était affirmée – plus d'un client avait remarqué que la décence aurait exigé que l'on force l'animal à porter un pantalon –, mais le nom était resté.

En dépit de son apparence féroce, Mol était un chat très aimable; ses dispositions félines étaient sans doute adoucies par l'affection de Mick et Jenny. Il absorbait chaque jour plusieurs repas qui auraient suffi à maintenir une famille de trois ou quatre êtres humains dans un état de santé satisfaisant et il partageait le lit du couple, dans leur chambre, au dernier étage de l'hôtel. On avait vu Jenny accoutrer le chat

1. Mol vient de *moll* que l'on trouve en particulier dans les expressions *gangster's moll* ou *gun moll* : « poulette d'un gangster », « cocotte ». (NdT)

consentant de vêtements de poupée, mais, quand il apparaissait dans les salles publiques de l'hôtel, c'était toujours dans le plus simple appareil.

Mick, Jenny et Mol s'étaient installés dans l'hôtel depuis moins de six mois quand la perspicacité du propriétaire commença à payer. Le commerce avait dans un premier temps souffert de son éloignement de Sydney, mais l'expansion urbaine avait repoussé les frontières et les citadins s'aperçurent que la région était devenue tout à fait accessible. Bénéficiant d'une dispense due à son éloignement de la zone métropolitaine, l'hôtel était autorisé à ouvrir le dimanche, contrairement aux pubs urbains. Le bâtiment, perché sur un étroit promontoire, bénéficiait d'un cadre agréable. Les consommateurs qui prenaient la peine de regarder par les fenêtres avaient le choix entre le spectacle des vagues qui déferlaient sur la plage en contrebas et, au sud comme au nord, une vue sur les splendides falaises du littoral de Nouvelle-Galles-du-Sud.

À quelques heures de route de Sydney, l'hôtel devint une destination populaire pour ceux dont le loisir dominical consiste à se joindre aux embouteillages pour sortir de la ville, à consommer de la bière pendant plusieurs heures dans une salle bondée puis, éméchés, à se joindre aux embouteillages dans le sens du retour. La vue magnifique n'était appréciée que par quelques clients occasionnels, qui, écœurés par l'atmosphère bruyante, saturée et enfumée des bars, passaient vite leur chemin.

Mais ceux qui restaient s'y trouvaient bien. Ils aimaient le décor. Ils aimaient la musique de fond. Ils aimaient le juke-box et ils aimaient le groupe épouvantable que le patron engageait les après-midi et les soirs de week-end. Mick l'avait sélectionné car il était le moins cher de ceux qui répondaient à ses besoins. Il avait une méthode très simple pour ses auditions. Les différents groupes se branchaient sur la sono et jouaient brièvement ; il choisissait celui qui était capable de maintenir le volume le plus élevé pendant une durée record, sans perdre son rythme sourd et infernal. Curieusement, les goûts musicaux de Mick s'accordaient parfaitement avec ceux de ses clients.

Le groupe, le décor et la personnalité de Mick et Jenny contribuèrent à faire rapidement la réputation de l'hôtel. Le grand Sydney s'était encore éloigné du centre-ville ces dernières années et l'hôtel se trouva à portée de clients qui n'habitaient pas assez loin pour qu'on les qualifie véritablement de touristes, mais qui profitaient du laxisme de la police pour venir se divertir les dimanches. Victimes de plans d'urbanisme qui les forçaient à habiter dans des quartiers d'une insipidité mortelle, ils appréciaient l'hôtel et, comme ils n'habitaient pas très loin, se mirent à le fréquenter tous les soirs.

Mick, excellent gérant si la profitabilité est un critère d'excellence, perçut la tendance et l'exploita. Il engagea des groupes supplémentaires pour jouer les mercredis et les vendredis soir et installa deux juke-boxes, encore plus gros et puissants que le premier, dans d'autres salles. Sensible au rajeunissement de sa clientèle, il proposa une palette plus variée de premix[1] aux noms surprenants comme « l'haleine du diable », « drap de lit », « caresse-bedaine » et « Jeanne la Pucelle ». Ils avaient en commun d'être très sucrés, à base de mauvais alcool et hors de prix. Mick encourageait les bandes de jeunes à établir leurs quartiers dans le pub et des groupes d'adeptes de moto, de ski nautique ou de course de voitures s'y retrouvaient régulièrement.

En gros, l'hôtel devint incontournable pour bien des désenchantés, à plus de trente kilomètres à la ronde. Les affaires étant florissantes, le pourcentage de bénéfice réalisé par Mick devint énorme. Le propriétaire, surpris et satisfait de la réussite précoce de son choix inspiré, se félicitait d'avoir embauché Mick et profita de ses rentrées d'argent pour monter une affaire dans le même esprit, de l'autre côté de Sydney.

Les habitants du petit village de pêche que le pub desservait à l'origine observaient les changements d'un œil indifférent. Les artisans comptaient vaguement sur la clientèle que le succès de l'hôtel apporterait à la communauté. Les habitués du *public bar* – quelques pêcheurs et fermiers qui parvenaient encore à gagner leur vie dans la région – se plaignaient du bruit, mais continuaient de le fréquenter.

Des hommes d'une catégorie nouvelle s'établissaient dans le district à présent : agents immobi-

1. Boissons alcoolisées prémélangées de type vodka-orange.

liers, entrepreneurs en construction ou membres de professions libérales en quête de tranquillité. Il leur arrivait de venir à l'hôtel, accompagnés de leurs enfants, quand aucun groupe ne jouait.

Le matin, quelques pêcheurs à la retraite aimaient s'asseoir à la terrasse de l'hôtel et siroter lentement leur demi. Mick n'y voyait pas d'inconvénient à cette heure-là, mais, l'après-midi, il les chassait pour laisser la place à des clients qui descendaient leurs verres plus rapidement. Les vieux se plaignaient et maudissaient Mick, mais ils se retrouvaient au même endroit le lendemain, incapables de perdre une habitude établie depuis tant d'années.

L'atmosphère de prospérité n'affectait guère Mick et Jenny. En bons professionnels, ils n'avaient jamais manqué d'argent et accordaient peu d'importance au fait d'en gagner largement plus qu'ils n'en avaient besoin. Mick était un artiste : sa créativité professionnelle lui apportait une satisfaction bien au-delà de l'argent. Il ne désirait qu'une chose : le succès de la gestion de l'hôtel. Tandis qu'il s'y efforçait, il n'attendait rien d'autre de la vie, de bon ou de mauvais. Il s'épanouissait dans le perfectionnement des rouages de son art – servir des doses un peu chiches, verser du mauvais whisky dans des bouteilles de scotch supérieur, punir la malhonnêteté de son personnel sans faire de sentiment, mater brutalement les éléments tapageurs, forcer la main des clients pour qu'ils consomment trop et, quand ils étaient dans un état second, les inciter à boire davantage.

Mick respectait sans dévier la devise des patrons de bar australiens : « Tu refuseras de servir un homme seulement s'il menace de tout casser. » Il avait l'art de sa profession et, pour l'amour, il avait Mol et Jenny.

Jenny n'avait qu'un désir : continuer à travailler avec Mick en s'occupant de Mol. Le couple était comblé et on pouvait les considérer comme heureux. Mol paraissait toujours satisfait et rassasié.

— Où est Mol ? demanda Mick un samedi matin, tandis qu'il faisait briller le zinc du comptoir et que Jenny comptait la monnaie de la caisse avant l'ouverture.

— Il y a dix minutes, il était encore au lit, répondit Jenny.

Elle réfléchit un instant.

— Tu crois que je devrais aller vérifier s'il dort encore ?

Mick évalua la situation. Il n'aurait pas l'esprit tranquille avant d'être rassuré sur le sort du chat. Mais il était ridicule de s'inquiéter sans raison. Si Jenny avait vu Mol dans le lit dix minutes auparavant, il y était sans doute encore.

— Non, laisse-le faire la grasse matinée, dit Mick en se remettant à astiquer vigoureusement. Ce vieux coquin a passé la nuit dehors. Il doit être crevé.

— Oh, Mick !

Jenny, qui en une journée entendait plus d'obscénités que la plupart des femmes dans leur vie entière, réagissait avec pruderie dès que Mick s'aventurait à faire la moindre insinuation.

— Tu ne crois tout de même pas qu'il trimballe cette grosse paire de couilles pour rien ?

Les remarques vaguement choquantes de Mick, qu'il débitait d'un ton saccadé en gardant un visage impassible, lui avaient valu une réputation de pince-sans-rire.

— Oh, Mick !

— Allons donc. Tu sais pertinemment qu'il est le père de la moitié des chatons de la région.

— N'importe quoi ! Pauvre vieux Mol.

— Pauvre vieux Mol, mon œil ! Je suis jaloux de sa veine.

— Arrête, Mick.

— Je devrais vraiment le faire couper. Ne serait-ce que par respect pour les voisins.

C'était un sujet de conversation qui revenait souvent. Ils étaient très fiers de la réputation virile dont jouissait Mol.

— Je te ferai couper avant, sale bête ! dit Jenny.

Mick rit, ou plutôt émit le son qui passait pour un rire chez lui : un grognement bref et toussotant. Il s'approcha de Jenny d'un pas sautillant et plongea les doigts dans son énorme croupe, bien au-dessous du coccyx.

— Je me fais pas trop de souci de ce côté-là. Je ne risque rien avec toi. Tu sais ce qui est bon pour toi, ma petite puce.

— Oh, Mick, répondit-elle.

Elle dégagea la main de son mari, la gifla tendrement puis jeta un regard alentour pour s'assurer qu'aucun employé n'avait assisté à cet étalage d'affection conjugale. Elle aurait rougi s'ils s'étaient fait surprendre. Il faut dire qu'elle s'empourprait facilement ; sa peau tournait au rose vif sous la couche de poudre. En réalité, elle s'appliquait même à rougir : elle avait remarqué que les gens riaient de son visage illuminé comme une ampoule en verre dépoli et Jenny adorait amuser la galerie.

— Ne t'inquiète pas. Personne ne nous regarde, dit Mick. De toute façon, personne ne s'étonnerait après le boucan qu'on a fait hier soir.

Le vieux lit de Mick et Jenny avait tendance à grincer et, sous leur poids combiné, colossal, donnait des preuves audibles du moindre mouvement sur le matelas.

Jenny rougit, Mick s'esclaffa.

— Je te parie que ce vieux Mol a découché à cause de nous, dit Mick, qui attaquait les robinets de bière après avoir fini le zinc. Il n'a pas pu supporter notre raffut.

Il vérifia si ses taquineries enflammaient le visage de Jenny. Gagné.

— Oh, Mick !

Réduite à l'impuissance, elle se couvrit le visage des mains.

— Ou alors il était tellement jaloux qu'il est sorti pour trouver ce qu'il lui fallait.

En prenant du volume et de la vitesse, le rire de Mick secouait la chair de son visage de gauche à droite, plutôt que de haut en bas comme quand il parlait.

Jenny ôta une main de sa figure écarlate pour frapper la poitrine de son époux.

— Mick ! Arrête tout de suite ! glousa-t-elle.

Il reprit soudain son sérieux et s'inquiéta. Le bar allait bientôt ouvrir ses portes et la demande serait forte, même tôt un samedi. Il n'aurait guère le temps de chercher Mol et il ne voulait pas que cette affaire le tarabuste toute la matinée.

— Tu es sûre que le vieux Mol est encore au lit ? Normalement, il est déjà descendu à cette heure.

Jenny lui lança un regard tendre.

— Tu es inquiet, mon lapin. Veux-tu que j'aille vérifier ?

— Ça te dérange pas, ma puce ? C'est vrai, je me fais du souci pour ce chat.

— Je sais. C'est bon, je vais aller voir. Mais tu te fais de la bile pour rien, tu sais, gros bêta.

— Merci, Jenny. Tiens, au passage, demande à la petite Mary de venir me voir, veux-tu ? Je veux mettre au point cette histoire d'hier soir.

— D'accord.

Jenny s'éloigna en roulant comme une boule sur la moquette. Mick attendit qu'elle soit à la porte et cria :

— Tant que t'y es, essaye donc de retendre les ressorts du sommier !

— Oh, Mick !

Jenny se boucha les oreilles et regarda si des employés avaient entendu. Si leurs bruits nocturnes avaient dérangé qui que ce soit, la veille au soir, c'était exceptionnel. Il n'y avait pas eu de tels ébats depuis des mois et, en vérité, ils n'avaient pas fait grand bruit.

Le procureur :

Mon éminent confrère a choisi de vous exposer le fonctionnement d'un hôtel dans les moindres détails, en brossant un portrait peu flatteur de certains protagonistes. Il soutiendra que ces témoignages se rapportent à l'affaire qui nous intéresse et sont, par conséquent, nécessaires. Monsieur le juge vous précisera les points de droit, mais permettez-moi de vous rappeler l'évidence : c'est John Verdon qui comparaît aujourd'hui devant vous, personne d'autre. Par ailleurs, les témoignages cités manquent totalement de cohérence et j'ose avancer que mon collègue fait une erreur en basant sa plaidoirie sur de telles inconsistances. En d'autres termes, je tiens à souligner que les témoignages que vous venez d'entendre ne sont pas forcément vrais, et que, quand bien même ils le seraient, ils n'auraient aucune incidence sur l'affaire. Mon collègue est d'un avis contraire et M. le juge devra trancher.

Cela étant, vous avez maintenant une idée approximative du tableau dans lequel l'accusé,

John Verdon, a fait son apparition, plus tard dans la journée. Un tableau que j'interprète personnellement – ainsi que le ferait n'importe quelle personne normale dotée de bon sens – comme une scène de préparatifs ordinaires des affaires du jour, exécutée par deux professionnels dont la tâche est de pourvoir aux besoins récréatifs d'une frange de la communauté.

Penchons-nous plutôt sur les actions de l'accusé : dans sa déclaration, il affirme avoir passé la matinée au travail.

L'avocat de la défense :

Il est indispensable de comprendre les tenants et les aboutissants de la situation, si vous voulez être en mesure de discerner la vérité dans le maelström des événements qui ont suivi. Car, dans cette affaire, nous devons faire la part des choses. La vérité consiste à déterminer dans quelle mesure l'accusé était conscient de ses agissements et comprenait leur répercussion. Même s'il les a commis, comme l'insinuent certains témoignages, c'était peut-être en toute bonne foi car il ne disposait pas de certaines données. Si vous entrevoyez cette possibilité – comme les témoignages devraient vous y conduire –, vous conclurez que l'accusé n'était pas coupable. Et permettez-moi de vous rappeler qu'il est accusé de meurtre, rien d'autre. Ne vous préoccupez pas du reste. Il est accusé de meurtre. Si vous n'êtes pas convaincus qu'il est l'auteur de ce meurtre, votre devoir est de l'acquitter.

Comme vous l'avez entendu, la journée de John Verdon a commencé au travail.

Le juge :

Dans cette affaire, nous disposons de certains faits sur lesquels nous sommes tous d'accord.

Nous avons constaté la mort d'un être humain, qui a succombé à ses blessures dans le laps de temps légalement requis.

Il nous reste à établir si la conduite de l'accusé est responsable du décès de la victime.

Il est évident, comme l'a souligné mon collègue, que l'accusé n'avait aucune intention de tuer la victime. Ce qui doit être décidé – et cette lourde responsabilité vous incombe –, c'est si, oui ou non, l'indifférence inconsidérée vis-à-vis de la vie humaine dont a fait preuve l'accusé est à l'origine de la mort de la victime.

Si ce n'est pas le cas, vous devez décider si un agissement de l'accusé – mettant indéniablement en danger la vie humaine ou visant délibérément à tuer quelqu'un d'autre – a provoqué le décès de la victime.

Si vos délibérations vous amènent à penser que l'accusé n'a aucune responsabilité dans le décès de la victime, vous le déclarerez « non coupable ».

Si vous concluez que certains agissements de l'accusé ont joué un rôle dans la mort de la victime, vous devrez aussi établir s'ils ont été perpétrés avec l'intention de nuire, ou sans raison ni excuse légitime.

Mon éminent confrère estime que nous devrions prendre en considération l'état d'esprit de l'accusé, et je le soutiens sur ce point dans certaines limites que je vous exposerai en temps voulu.

Les activités professionnelles de l'accusé vous ont été présentées ; elles n'ont aucune pertinence et je vous intime de les ignorer. La profession de l'accusé remplit une fonction normale et acceptée dans notre société et je déplore que mon éminent collègue ait cru bon de vous en faire part, en particulier sous cette forme. Il n'y a aucune raison de supposer que, à cause de son activité professionnelle, un homme comme John Verdon ait des penchants plus violents qu'un autre homme. En tout état de cause, je vous rappelle que même une disposition à la violence ne peut démontrer ni prouver la culpabilité d'un acte violent.

Par conséquent, je vous prie de gommer de votre esprit toute considération sur la profession de l'accusé.

John Verdon s'avança sur la pointe des pieds et, sans le moindre effort, balança le merlin par-dessus son épaule droite ; il profita de son élan et de son poids pour en tirer un impact maximal.

Quand la panne de son marteau défonça d'un coup net le crâne du bœuf, Verdon en perçut le bruit et la sensation jusque dans ses reins.

Étourdie, la bête s'effondra, déclencha l'ouverture de la trappe et dégringola sur le ciment en contrebas. Le collègue de Verdon, Bob Harris, enchaîna les pattes de l'animal qui fut automatiquement hissé, la tête en bas. Il revint à lui et battit des pattes de devant pour essayer, en vain, de libérer ses deux autres membres. Il poussa un mugissement d'effroi qui se noya en un gargouillement lorsque Harris lui trancha la gorge. Un torrent de sang foncé, presque noir, jaillit sur le sol. Les membres antérieurs de l'animal continuaient à se débattre.

Les poumons du bœuf suffoquèrent jusqu'à ce que le crochet l'ait entraîné à la station suivante de l'abattoir où on lui trancha la tête.

La carcasse défila. Une cinquantaine de couteaux attaquèrent la chair encore chaude et la dépecèrent. Le cœur, avant d'être arraché, fut pris de convulsions.

John Verdon attendait tranquillement que le bœuf suivant trébuche par la trappe. Il actionna le portillon de la cage et se prépara à assener le prochain coup. La bête glissa sur une matière visqueuse et le merlin manqua sa cible. Il fracassa une corne et percuta mollement l'épaule de l'animal qui s'effondra en meuglant.

— Merde ! lâcha Verdon.

Il se retourna pour voir si le chef d'équipe avait remarqué l'incident. C'était sans importance, cela dit. Verdon jouissait d'une réputation telle que ni une maladresse, ni même une erreur d'inattention manifeste n'aurait pu la ternir. Le dérapage avait été inévitable et n'avait rien de grave, mais Verdon tenait à sa réputation. Il aimait abattre les animaux, connaissait son métier et voulait que ça se sache. Il défonçait chaque jour près d'une centaine de crânes de bœufs et il abhorrait le moindre accroc. Son plaisir était gâté s'il n'arrivait pas à tuer proprement.

Le pistolet électrique à la main, Verdon lança des décharges jusqu'à ce que le bœuf se redresse. Il leva le marteau, mais l'animal faisait des mouvements imprévisibles et, quand le coup l'atteignit sur la tête, il manqua de netteté. Verdon en fut persuadé, rien qu'en se fiant à ses reins. Il n'en avait tiré aucune satisfaction. Mais le coup avait suffi à faire chuter la bête, qui se vautrait maintenant au fond de la cage.

Il ouvrit la trappe. Le bœuf dégringola, tenta immédiatement de se relever et dérapa dans le sang de ses semblables. Harris s'empressa de le ligoter et de le hisser, mais il beuglait et se débattait avec frénésie. Harris l'égorgea.

— Fais gaffe, mon pote, lança-t-il à Verdon sur le ton de la plaisanterie. Je préfère qu'ils ne soient plus en état de courir quand ils arrivent ici.

Verdon grogna. Le reproche était justifié. Une bête à moitié étourdie représentait un danger pour les ouvriers. Le reproche était justifié, certes, mais il n'en était pas moins désagréable. Il regarda la longue file de bœufs qui attendaient à l'entrée de la cage. Beaucoup mugissaient, et ils hochaient tous la tête, déconcertés par l'odeur de sang qui empestait l'abattoir.

Verdon ouvrit la cage, la bête suivante entra. Il s'appliqua cette fois-ci et le bestiau s'effondra, sous un coup net et violent. Quand la trappe s'ouvrit, il dégringola, presque mort. Verdon lança un sourire triomphal à Harris.

La chaîne avait ralenti et Verdon eut le temps de parcourir des yeux l'abattoir. Il lui restait une trentaine de bêtes à tuer avant de finir la journée. Celles qu'il avait déjà assommées étaient à différents stades de dépeçage. La dernière était décapitée et éventrée; une masse de viscères bleus et jaunes glissait sur un convoyeur pour être convertie en divers produits utiles à l'homme.

Les cuissardes mouillées et le tablier saturé de sang, Harris attendait la prochaine bête. Autour de la chaîne, des mains expertes tranchaient les carcasses et sur la droite, comme des corbeaux sur un cadavre, un groupe dépeçait les peaux brunes et expédiait les corps pâles et vidés de leur sang vers une dissection supplémentaire.

Détachées des corps, les têtes écorchées circulaient sur un plateau mobile proche de la cage. L'animal, blanc et spectral, la langue arrachée, était mort depuis si peu de temps que ses yeux bougeaient encore et palpitaient de gauche à droite : une parodie mélancolique de la vie s'affichait au-dessus de sa mâchoire et de ses naseaux ensanglantés.

Verdon, premier maillon de la chaîne qui transformait la viande en une forme adaptée à la consommation humaine et présentable sur un étal de boucherie, banda ses muscles et attendit le bœuf suivant.

— Allez, bande d'enculés, dit-il à voix haute, tandis que l'obstruction se débloquait et que la longue file brune et animée se rapprochait à nouveau de son merlin.

Au terme d'une dure semaine, il effectuait maintenant des heures supplémentaires. Non qu'il s'en plaigne, mais il serait content de finir le travail. Petit, la musculature superbement développée, il ne se fatiguait pas rapidement, ce qui ne l'empêchait pas d'avoir besoin d'une bière. Le travail supplémentaire du samedi avait perturbé sa routine du week-end, qui consistait à se gorger de bière à partir du samedi matin onze heures jusqu'à s'effondrer le dimanche matin, puis, dès qu'il s'éveillait, à s'imbiber encore de bière jusqu'à s'effondrer le lundi matin. Les premiers bestiaux qu'il frappait quelques heures plus tard étaient parfois mutilés avant de mourir, mais il reprenait vite le coup de main.

Alors, en ce samedi matin où, en toute justice, il aurait dû se gaver de bière, il se sentait d'humeur irascible.

— Allez, bande d'enculés ! cria-t-il encore pour accueillir l'animal dans la cage.

Il l'abattit franchement, avec un peu plus de force que d'habitude.

La matinée se déroula sans encombre, jusqu'à l'avant-dernière bête qui leva le museau pour beugler juste au moment du coup. Le merlin s'abattit en plein sur ses dents et lui pulvérisa la mâchoire. Le bœuf s'effondra et refusa de se relever ; il se démenait et meuglait sur le sol de la cage.

— Passe-le-moi, Johnny, je vais lui régler son compte, lança Harris.

— Bordel !

Verdon savait que ce n'était pas sa faute, mais il en était à son deuxième dérapage de la matinée et il n'appréciait pas. Il tenta d'électrocuter le bœuf, mais ça ne fit qu'empirer la panique du bestiau. Il voulut alors l'assommer avec le marteau, mais, avec l'animal sur le côté, son mouvement manquait d'élan.

Enragé par le refus de l'animal de coopérer à sa propre mise à mort, Verdon sauta dans la cage, les pieds sur la bête affolée. Il était toujours incapable de prendre de l'élan, mais il pouvait enfin atteindre la tête. Tenant le merlin au milieu du manche, il matraqua le bœuf jusqu'à ce qu'il finisse par se calmer. Verdon escalada la cage et le fit chuter.

— Putain, tu l'as vraiment amoché, Johnny, lança Harris en enchaînant les pattes de la bête.

Écorchée et placée sur le convoyeur, la tête de cet animal, aux os fracassés et à la mâchoire brisée, détonnait parmi les autres crânes austères et fantasmatiques qui clignaient convulsivement des yeux.

Une fois morts, les animaux se transformaient en steaks, saucisses, tripes, foie, rognons, boudin et langue pour nourrir l'homme, le carnivore le plus vorace de tous les temps.

John Verdon, instrument d'une société qui avait besoin de viande tout en refusant de tuer, alla se doucher de très mauvaise humeur. Dans la mesure où son travail lui procurait du plaisir – sans parler de son salaire –, il était, lui aussi, un artiste. Les exécutions défectueuses le démoralisaient plus qu'il n'aurait su l'exprimer.

John et son ami Harris ne se demandaient jamais s'ils envisageaient ou non de passer ensuite à l'hôtel. Ça allait de soi.

Le procureur :

Plusieurs employés de l'hôtel ont relaté en détail les événements de cette journée. La défense a récusé certains témoignages et il faut reconnaître qu'ils étaient souvent contradictoires. Il vous appartient de déterminer, en vos âmes et consciences, quels témoignages sont irréfutables, délibérément faux ou simplement erronés.

L'avocat de la défense :

J'avance qu'il est difficile de savoir ce qu'il faut croire dans les déclarations des employés ou des clients de l'hôtel. J'avance que la plaidoirie du procureur se fonde sur des témoignages tellement douteux que vous devez les rejeter en bloc.

Le juge :

J'attire votre attention sur une question légale : personne ne peut être reconnu coupable de meurtre si la malchance est seule responsable.

L'avocat de la défense soutient cette thèse, au cas où vous concluriez que l'accusé a bel et bien commis un acte qui a provoqué le décès de la victime.

Dans ce cas, la fiabilité de certains témoignages est d'une importance suprême, or cette fiabilité a été remise en cause.

— Mol dort comme un bienheureux, annonça Jenny. Je te l'avais bien dit.

— Parfait, répondit Mick. As-tu dit à Mary que je voulais la voir ?

— Je suis là, fit Mary, une minuscule créature camouflée par la corpulence de Jenny.

— Viens me voir une minute, ordonna Mick avec sérieux.

Tous ses employés l'appelaient Mick, mais aucun n'aurait osé exprimer ni même ressentir un manque de respect pour lui. Son ton solennel fit tout de même peur à la jeune fille. Employée à temps partiel à la réception, elle donnait un coup de main au bar à l'occasion. C'était une fille raisonnablement jolie, née et éduquée dans la région. Elle avait précédemment travaillé dans une quincaillerie et détesté de la même façon les deux emplois, mais elle voulait obtenir une situation stable et permanente, à l'hôtel. Quand ses parents lui demandaient pourquoi, elle disait qu'elle aimait le travail. Quand ses amis lui posaient la même question, elle disait qu'elle aimait la compagnie.

Elle voulait parler des nombreuses offres de rapports que lui proposaient des hommes fortement imbibés. Elle n'en avait encore accepté aucune, mais n'en restait pas moins persuadée que, un beau jour, un jeune homme sympathique l'inviterait à sortir, peut-être même lui formulerait-il sa demande sans être ivre.

Mick la précéda dans son bureau et se mit à parler à toute vitesse, avec ferveur.

— Écoute, Mary, je veux que tu me dises ce que tu as vu hier soir.

— Tu veux parler de la bagarre ?

— Contente-toi de dire ce que tu as vu.

— Il y a eu une bagarre entre deux types. Elle a commencé dans le *lounge*, et puis tu l'as arrêtée.

— C'est tout ce que tu as vu ?

— Eh ben, l'un d'eux est tombé en sortant et l'autre l'a traîné dehors.

— Lequel est tombé ?

— Celui que tu as frappé, Mick.

Mick marqua une pause pour donner plus de poids à ses mots.

— Je n'ai frappé personne, Mary.

Mary examina le visage rebutant et les œufs pochés qui la scrutaient. Mick essayait de lui dire quelque chose, elle en était consciente, mais, comme elle n'était pas une lumière, elle ne comprenait pas quoi.

— Oh, répondit-elle d'un air inquiet. Je croyais que tu en avais frappé un à la nuque, avec le gourdin que tu gardes derrière le comptoir.

— Je ne l'ai pas frappé, Mary. Le gourdin que je garde derrière le comptoir sert seulement à intimider. Tu ne m'as jamais vu l'utiliser.

Mary, qui l'avait vu le sortir au moins quatre fois dans le courant de la semaine, s'étonna.

Mick s'aperçut qu'il était trop subtil.

— Écoute, Mary, un de ces types est à l'hôpital. Il a un traumatisme crânien.

— Est-ce que c'est celui que tu as… enfin, que tu n'as pas… que tu as… ?

Mary renonça.

— La police va peut-être te poser des questions.

— Je vois, répondit Mary alors qu'elle ne voyait strictement rien.

— Un patron d'hôtel est responsable de tout ce qui se passe sur les lieux, tu comprends ?

— Oui… dit Mary sans conviction.

— Donc si deux jeunes gars se battent et que l'un se fait mal dans le pub, je suis responsable, tu comprends ?

— Oui.

— Mais s'ils sortent et se battent dehors, je n'ai plus aucune responsabilité.

— Je vois.

Mick lui lança un regard dubitatif.

— Mary, t'aimerais avoir un emploi régulier ici ?

— Oui, répondit-elle, la voix pleine d'espoir.

C'était peut-être pour cela qu'il l'avait convoquée.

— Si tu veux un emploi régulier, il faut que tu comprennes comment fonctionnent les hôtels.

— Bien sûr. Oui, Mick, je vois ce que tu veux dire.

— Bien. Alors, si la police te questionne à propos de la bagarre d'hier, que leur diras-tu ?

Mary le regardait, bouche bée. Elle comprenait maintenant où il voulait en venir, mais elle n'avait aucune idée de ce qu'elle était censée dire. Pas la vérité, c'était certain, pas qu'elle l'avait vu s'approcher d'un jeune type ivre et lui asséner un coup de trique derrière les oreilles, mais quel mensonge devait-elle raconter ? Elle manquait d'imagination, pas de bonne volonté.

Elle roula de gros yeux. Sur le visage de Mick, la graisse adopta un air mécontent. Mary eut une inspiration.

— Je leur dirai ce que tu veux, Mick.

Il soupira. Il aurait préféré ne pas avoir à lui faire un dessin, mais il n'avait pas le choix.

— D'accord. Tu as vu une bagarre entre deux types. Je leur ai parlé et ils sont partis. C'est tout. Compris ?

— Ils se sont bagarrés, tu leur as parlé et ils sont partis, répéta fidèlement Mary. Oui, j'y suis, Mick. Ça y est, j'ai compris.

— Tu es sûre ? lui demanda-t-il d'un air pensif. Bien.

Ça n'avait pas grande importance. Le sergent de police était compréhensif et très tolérant, mais il fallait tout de même l'aider un peu, en plus de lui glisser, de temps en temps, un encouragement pécuniaire.

— Tu crois que je pourrais être embauchée ici à plein temps ? demanda Mary, consciente que la discussion était close.

— On verra, dit Mick d'un ton pesant. On verra…

Il partit, bien décidé à remplacer Mary dès que la première personne disposée à faire les mêmes horaires pour un salaire équivalent se présenterait.

— Salut, Mol, dit-il en caressant le gros matou qui se frottait à ses jambes. Alors, tu t'es décidé à sortir du plumard, vieux bandit ? Allez, Papa va te donner à manger. Qu'est-ce qui te fait envie ? Une goutte de lait et un morceau de poisson ? T'as sans doute besoin de manger un peu de foie après la nuit dernière.

Jenny, déjà derrière le comptoir pour servir les premiers clients, dit affectueusement à l'un d'eux :

— Mon Dieu, voyez comme il gâte ce chat, il le traite comme un gamin…

Le client, un agent immobilier qui avait la gueule de bois, se borna à répondre par une grimace polie.

Le procureur :

Pour rendre votre verdict, vous serez obligés de vous pencher longuement sur le témoignage du jeune Peter Watts. Si vous le croyez, je vous suggère de déclarer l'accusé coupable.

L'avocat de la défense :

Il faudrait être complètement irresponsable pour reconnaître l'accusé coupable en se basant sur le témoignage d'un garçon ayant la réputation et l'intellect de Peter Watts.

Le juge :

Si la victime a succombé aux conséquences purement malchanceuses d'un acte licite, vous devez innocenter l'accusé. Si la victime a succombé aux conséquences d'un acte illicite, vous devez le reconnaître coupable de meurtre. Voici le nœud de l'affaire. Si vous acceptez la version des faits de John Verdon, il est innocent. Si vous acceptez la version des faits de Peter Watts, John Verdon est coupable. Il est donc crucial, lors de vos délibérations, d'examiner en détail la déposition de Peter Watts.

Nu devant la glace de sa chambre, Peter Watts se demandait comment il allait s'habiller. Son regard, compatissant et affectionné, mais guère réconfortant, se promena sur la maigre ossature de son corps de dix-sept ans. Il était embarrassé par ses épaules étroites et ses hanches trop prononcées, féminines. Il se plaça de profil et rentra le ventre. C'était plus flatteur. S'il parvenait à maintenir cette posture, et à être vu de côté seulement, il serait beau, nu. « Je ne suis pas laid », se dit-il, car il ne se voulait pas de mal, « mais mieux de profil. » Il se mit à brosser ses longs cheveux blonds en étudiant attentivement son visage. Un visage agréable, décida-t-il, s'il pensait à pincer les lèvres pour éviter que sa bouche pende. Mais il savait qu'il oubliait souvent et se promenait la bouche grande ouverte. Comme pour le ventre. S'il pensait à le rentrer, tout allait bien, mais son attention se relâchait sans cesse et il allait souvent, le ventre en avant et la bouche bée. Aujourd'hui, il avait décidé de rentrer l'estomac, fermer la bouche et regarder les filles de côté pour qu'elles le voient uniquement de profil. Puis il eut le plaisir de se souvenir qu'il avait de nouveaux habits et que tout cela n'avait guère d'importance, il s'en tirerait bien. À moins de devoir quitter ses vêtements, il n'avait pas à s'inquiéter du reste. La pensée d'ôter ses habits dirigea automatiquement son regard sur ses organes génitaux et sa main s'égara à l'entrejambe, pour envelopper la tiède sensation qui s'y développait.

La pensée de ses parties le gênait quand il s'autorisait à les imaginer en pleine action. Il pensait souvent au coït – pratiquement tout le temps, en réalité –, mais toujours dans le cadre d'un fantasme sexuel où il se vieillissait et s'octroyait un corps superbe sous lequel les filles gémissaient, se tortillaient et le suppliaient de continuer. En fait, s'il s'était autorisé à penser à son propre corps, il aurait douté de sa capacité à leur donner quoi que ce soit, sans parler de continuer à le leur donner.

Il finit de se brosser et se félicita du lustre de sa chevelure. Cet aspect particulier le satisfaisait complètement ; ses cheveux épais et blonds cascadaient en boucles gracieuses sur ses épaules.

Il sortit sa nouvelle chemise du tiroir de la commode. Fabriquée d'un mélange de soie et d'un autre tissu épais orné de broderies colorées, et sa coupe à l'encolure lui faisait des épaules bouffantes plutôt que collantes. Il goûta la sensation sur sa peau en l'enfilant et son regard se tourna une nouvelle fois vers son image dans la glace. Mais la chemise, qui descendait jusqu'à ses cuisses nues, accentuait leur maigreur et le poussa à chercher son jean. Il pensa au slip de couleur qu'il avait acheté le mois dernier, mais il avait entendu un homme, au pub, dire qu'il n'en portait jamais car c'était toujours un obstacle, une chose dont il fallait se débarrasser avant d'entrer en action. Il enfila son jean, apercevant mais choisissant d'ignorer la présence de boutons sur ses fesses, et rentra la chemise dans le pantalon.

Satisfait de son allure, il passa son large ceinturon en cuir. Le jean moulant lui amincissait les hanches et la chemise ample lui élargissait les épaules. Il était sacrément beau. Il se regarda de profil : encore mieux. La journée s'annonçait bien. Un dernier coup de brosse et il se lança dans l'aventure d'un nouveau jour.

Dans la cuisine de leur maison préfabriquée, à trois chambres, le père de Peter réparait un grille-pain.

— Grands dieux ! s'exclama-t-il. Où as-tu pêché cette chemise ?

— Je l'ai achetée, répondit Peter sans prendre la mouche.

Il avait cessé de craindre son père, depuis qu'il avait commencé à travailler sur un chantier et s'était aperçu qu'il gagnait plus que celui-ci, qui posait des câbles pour les P et T.

— On dirait un pédé ! lança le père, un petit homme trapu et velu qui doutait de la virilité de son fils.

— Tant pis, dit Peter.

Il avait souvent été accusé d'homosexualité. Vexé les premiers temps, il avait maintenant décidé d'y voir une certaine distinction. Ses vêtements, ses cheveux et sa réputation de pédé donnaient un plus à sa personnalité ou, plus simplement peut-être, lui donnaient une personnalité. Il savait qu'il n'était pas homosexuel, ne pensait pas l'être en tout cas et, en tout état de cause, il s'en fichait.

— Où vas-tu ?

— Je vais rejoindre des copains.

Le père grogna. Il avait du mal à accepter son manque total d'influence sur son fils.

— Tu ne peux pas mettre une paire de chaussures ?

Peter sourit. Pieds nus avec de beaux habits, c'était exactement l'effet recherché ; son vieux n'y comprenait rien.

Il ne répondit pas et partit tranquillement, prenant au passage son casque de moto sur le buffet.

— T'as intérêt à être rentré pour dîner. Je ne veux pas que ta mère cuisine pour rien.

— Dis-lui de garder ma part au four.

— Et arrête de traîner au pub. Je vais envoyer les flics chez ce salopard s'il sert de l'alcool aux gamins.

C'était devenu un rituel et Peter l'ignora. Il démarra au kick sa moto d'une surpuissance ridicule et s'éloigna dans un vrombissement, en direction du pub.

L'avocat de la défense :

Nous avons établi qu'il n'y avait aucun lien entre Peter Watts et John Verdon. Ils ne s'étaient jamais vus avant le jour des faits. Ils ne se sont pas adressé la parole avant la fin de cette journée, avant le face-à-face qui les a opposés dans la brève scène finale de l'acte tragique qui nous intéresse. Le procureur soutient cependant que les actes de John Verdon s'expliquent par sa forte animosité envers Peter Watts.

Le procureur :

En tant qu'hommes et femmes du monde, vous n'ignorez pas que la haine, à l'instar de l'amour, peut enflammer un cœur humain, sans délai ni motif.

Le juge :

Dans sa plaidoirie, la défense affirme que le motif des agissements de John Verdon envers Peter Watts était licite. Le procureur soutient de son côté qu'il était malintentionné. Nous devons donc précisément éclaircir la nature de ce motif.

Quand Peter Watts arriva à l'hôtel, John Verdon était déjà à moitié soûl. Comme beaucoup de gros buveurs, il tolérait mal l'alcool et quatre ou cinq bières suffisaient à l'enivrer. Il était assis à une table avec son camarade Bob Harris. Les deux hommes se ressemblaient étrangement. Ils partageaient leur âge – une vingtaine d'années –, un petit corps râblé et la même coupe de cheveux, qu'ils avaient courts et décoiffés, mais de couleur différente. Ils étaient tous les deux en jean et en chemise, avec de grosses bottines. Après une demi-heure à boire rapidement, sans dire grand-chose, leur langue s'était déliée.

Les gens commençaient à affluer dans l'hôtel en ce début d'après-midi. Dans le *public bar*, entre vingt et trente habitués ingéraient leur portion d'alcool du samedi, tandis que d'autres clients, jeunes pour la plupart, investissaient l'immense salle du *lounge*. La cinquantaine de tables étaient occupées par des groupes de trois ou quatre – à l'exception de quelques tablées d'une bonne dizaine de membres. Une stricte ségrégation sévissait : les filles et les jeunes hommes s'ignoraient obstinément. Seul le nombre permettait parfois un mélange des gents masculine et féminine ; quelques couples d'allure mélancolique échappaient aussi à la règle, isolés de la tension spéculative du « qui s'associerait à qui » avant la fin du jour.

Peter Watts entra d'un pas optimiste dans le *lounge*. Il caressait le vague espoir qu'une jolie fille apparaisse et soit éblouie par son apparence. Une jolie fille, ou n'importe quelle fille. Il resta un moment dans l'encadrement de la porte, prit la pose sans s'en apercevoir, et se retrouva baigné dans la solitude qui lui échoyait toujours. Personne ne le remarquait. Comme un autre groupe arrivait derrière lui, il se dirigea vers le comptoir. Il sentit monter un semblant d'espoir en passant devant une table de cinq jeunes filles, espoir qui s'effondra car aucune d'entre elles ne tourna la tête.

— Une bière, Mick, demanda-t-il.

Mick, qui pouvait servir un demi plus vite que son ombre, avait posé le verre et rendu la monnaie de l'argent qu'il lui avait pris, avant que Peter puisse énoncer un autre mot. Mick ne lui aurait pas répondu, de toute façon. Il discutait volontiers avec ses clients préférés, mais, pour lui, ces gamins n'étaient que de simples sacs à boisson, qu'il remplissait en échange d'argent, puis qu'il mettait à la porte dès qu'ils devenaient trop tapageurs. Il pouvait leur infliger n'importe quel traitement : ils revenaient toujours dépenser leur argent, à moins d'être interdits d'entrée. Ce n'était pas chose facile, il fallait dégrader les lieux pour se faire exclure, taillader les chaises, par exemple.

Un seul mot de Mick aurait suffi à donner à Peter un sentiment de virilité, mais il le lui refusa et le jeune partit s'asseoir seul à une table, où il fit semblant d'attendre quelqu'un. Les « copains » qu'il devait retrouver n'existaient pas. Il avait essayé de se joindre à plusieurs groupes depuis qu'il avait quitté l'école. Parmi ses collègues, les quelques jeunes passaient toutes leurs journées libres à faire du surf. Quand Peter avait voulu les accompagner, la tentative avait été désastreuse. Il ne nageait pas très bien et avait donc tué le temps sur la plage, près des filles. Près d'elles, pas avec elles. Comme il ne surfait pas, elles l'avaient ignoré et avaient occupé leur propre journée, allongées sur le sable chaud, à fumer des cigarettes, hypnotisées par les flots où les surfeurs novices prenaient les vagues. Le soir, ils avaient fait un feu de joie sur la plage, bu des bières et fumé de l'herbe tandis que Peter traînait à proximité en les guettant, espérant en vain être convié à se joindre à eux. Mis au rebut par la petite bande, il avait fini par rentrer chez lui.

Il avait acheté sa moto peu après et s'était débrouillé pour donner l'impression, à ses parents et à ses collègues, qu'il avait trouvé sa place dans un groupe. En réalité, il avait laborieusement tenté de faire connaissance avec les motards qui fréquentaient l'hôtel, mais ils le rejetaient avec mépris.

Un jour, désespérant de se faire accepter, il avait même essayé de s'intégrer à un cercle religieux, mais, à cause de ses beaux cheveux longs et de ses habits fantaisistes, le groupe l'avait repoussé avec autant de fermeté que les autres.

Seul dans le *lounge*, il sirotait donc de la bière qu'il n'aimait pas, le regard à l'affût de quelqu'un qui l'aime.

John Verdon aperçut Peter dans le coin de son verre qu'il posa bruyamment sur la table, d'un geste théâtral.

— Bon Dieu ! dit-il d'une voix forte. Regarde un peu cet enculé !

Harris se retourna et repéra la magnifique chemise et les longs cheveux blonds de Peter, à quelques tables de lui. Il rit, ou plutôt émit un étrange bruit dépourvu d'humour et censé insulter son destinataire. Peter n'entendit rien. Il était occupé à regarder une fille blonde et dodue à la table voisine, persuadé qu'elle était nue sous son chemisier transparent. Il ne distinguait aucune bretelle de soutien-gorge et il était convaincu qu'il discernait les nuances foncées de ses mamelons quand elle se penchait au-dessus de la table pour mieux entendre ce que lui disait sa compagne. Il allait bientôt s'approcher d'elle, lui offrir un verre, elle tournerait un visage souriant vers lui et abandonnerait sa tablée pour le rejoindre. Puis, après quelques verres – parce qu'il fallait toujours leur payer quelques verres –, il lui proposerait de faire un tour à moto, elle accepterait et lui signifierait d'un regard qu'elle savait parfaitement où il voulait en venir. Ils partiraient ensemble dans la campagne.

La fille se redressa, Peter constata qu'en fait elle portait un soutien-gorge.

— Regarde cet enculé, répéta Verdon, puis, s'apercevant que son verre était vide et que c'était sa tournée, il se leva et s'approcha du comptoir.

Peter se basculait sur son siège. Au passage, Verdon donna un coup de botte dans le pied de la chaise qui faillit le faire chuter, lança un grognement moqueur et poursuivit son chemin. Il était trop tôt pour s'occuper du petit pédé. L'un des serveurs remarqua l'incident. Verdon allait probablement causer des ennuis dans la soirée, se dit-il, mais à la vue des muscles de ses avant-bras, il résolut de se tenir à l'écart des ennuis.

Peter ne leva même pas les yeux sur Verdon quand il passa devant lui. Il était habitué à ce genre d'attitude. D'une certaine manière, qu'il aurait eu du mal à justifier, ça ne le dérangeait pas particulièrement. Quelques personnes avaient remarqué le manège de Verdon et regardaient Peter. Ça ne le gênait pas non plus.

L'avocat de la défense :

Le patron était trop impliqué dans les affaires courantes de l'hôtel pour pouvoir précisément observer, puis relater les événements de cette journée.

Le procureur :

Le patron est un homme qui, par nature et par habitude, observe le fonctionnement de son hôtel attentivement, dans les moindres détails.

Le juge :

L'avocat et le procureur ont tous deux cru bon d'appeler des témoignages détaillés des événements survenus dans l'hôtel ce jour-là ; la plupart d'entre eux n'ont aucune pertinence.

Mick inspecta rapidement l'hôtel. Les affaires marchaient bien, et la journée s'annonçait fructueuse. Dans le *public bar*, il vit un nouveau serveur dispenser une dose entière de whisky et se promit de lui en toucher un mot plus tard. Mick tirait au moins trente, et préférablement trente-deux doses d'alcool d'une once à partir d'une bouteille de vingt-six onces. Il entraînait lui-même ses employés à l'art de servir le verre d'un mouvement rapide, précipitant le whisky de la bouteille dans le doseur et du doseur dans le verre, en un mouvement quasi continu, afin de ne jamais complètement le remplir.

« Le verre doseur est évasé, avait-il coutume de dire, alors même une fraction de centimètre peut faire une grosse différence. Regarde bien, fiston. C'est comme ça que tu gagnes ton salaire. Tous les pubs font pareil. Il faut y penser, c'est essentiel. »

Mick dosait tout aussi chichement le whisky inférieur qu'il versait dans des bouteilles de marque. Pour lui, c'était une question de principe. Scrupuleusement honnête avec le propriétaire de l'hôtel, il le faisait profiter des bénéfices dus aux maigres doses et aux tricheries d'étiquette. Il aurait été aussi contraire à son code d'éthique d'escroquer son propriétaire que de ne pas escroquer sa clientèle.

Mick entra dans le *lounge*, ravi de voir qu'il était presque plein. Il serait bondé dans une demi-heure, quand le groupe commencerait à jouer. Le patron traversa la petite piste de danse en répondant par gestes vagues aux : « Ça va, Mick ? Quand est-ce que tu paies ta tournée, Mick ? Viens boire un coup avec nous, Mick ! » Il faut dire que Mick, comme beaucoup d'hommes réservés, jouissait d'une certaine popularité.

Dans le bureau, Jenny s'occupait des réservations.

— Comment ça va, chérie ? lui demanda Mick.

— On est presque complets ce soir. Il ne me reste que quelques chambres.

— Les habituelles sont prises ?

— Pas encore. Mais avec le monde qu'on a, elles seront pleines, ce soir.

Les « habituelles » étaient les six chambres que Mick louait pour quelques heures. Les couples les réservaient pour la nuit, mais ne les utilisaient qu'une heure ou deux. Mick et Jenny avaient un œil expert pour déceler ceux qui ne resteraient pas la nuit entière. Les bons jours, ils parvenaient donc à les louer toutes les six à plusieurs couples, sans même prendre la peine de changer les draps dans certains cas : il suffisait de refaire le lit. Un client ivre avait accusé Mick de tenir un bordel et Mick, sans en prendre offense, lui avait expliqué que c'était inexact. Il ne louerait jamais ses chambres à des prostituées, car elles montent avec plusieurs clients, mais ne payent la chambre qu'une seule fois.

— Les musiciens sont-ils arrivés ?

— Ils sont en train de décharger.

— Parfait. Dis-leur d'attaquer dès que possible.

Le samedi, Mick engageait le groupe de 16 heures à 22 heures, mais il essayait toujours de les persuader de commencer en avance : il voulait en avoir pour son argent. Dès que la musique commençait, les ventes de boissons augmentaient, car les clients avaient coutume de vider leur verre avant de danser et d'en commander un autre dès qu'ils avaient fini. Avec des morceaux brefs et nombreux, Mick s'était aperçu qu'il pouvait quasiment dicter le taux de consommation.

— Pense à nourrir Mol, si tu as le temps, dit Mick.

Il reprit sa tournée d'un pas sautillant, énorme masse dévouée à la tâche, virevoltant avec précision autour des tables sans toucher un client.

Il alla vérifier que tout allait bien dans les toilettes pour hommes et sermonna deux jeunes :

— Rapprochez-vous de l'urinoir, les gars, rapprochez-vous. Sinon, les autres vont être obligés de marcher dans votre pisse.

L'une des cabines était fermée, Mick tenta de baisser la poignée.

— Tout va bien, là-dedans ? demanda-t-il, car il arrivait qu'un soûlard perde connaissance dans les WC et les occupe plus longtemps qu'il n'aurait dû.

Un juron incompréhensible lui répondit, mais la voix était forcée et l'oreille exercée de Mick décela une anomalie.

— Tout va bien, là-dedans ? répéta-t-il d'un ton péremptoire.

La réponse forcée lui parvint encore, mais se conclut cette fois-ci par le son, reconnaissable entre mille, d'un vomissement.

Mick prit son passe et ouvrit la porte. Un jeune était adossé à la cloison des toilettes, les yeux ruisselants, la bouche dégoulinante.

— Casse-toi ! parvint-il à dire à Mick.

Le patron chercha des marques de maladresse autour du WC. On racontait que, dans des circonstances similaires, il avait exigé et obtenu une amende de nettoyage d'un client malpropre.

Le jeune fut pris d'un autre haut-le-cœur et Mick recula. Il ne voulait pas de saletés par terre. Le jeune vomit, puis s'adossa à la cloison, pantelant. Mick l'étudia.

— Va donc prendre l'air. Ça te fera du bien.

Le jeune s'essuya la bouche d'un revers de manche et acquiesça.

— Ça va s'arranger, mon pote, lui dit Mick en lui tapotant le dos.

Le jeune sortit des toilettes. Mick savait qu'il allait faire le tour de l'hôtel, puis reviendrait et se remettrait à boire. Il finirait par vomir une nouvelle fois, ce serait moins propre peut-être, mais entre-temps, il aurait eu le loisir d'ingurgiter six à huit verres de bière. Le profit de ces verres couvrait largement les frais de nettoyage, qu'avec un peu de chance Mick réussirait à lui faire payer de toute façon.

— Ça va s'arranger, mon pote, répéta Mick. Va prendre l'air.

*

* *

Verdon ramena les verres à table. Peter lui était sorti de l'esprit, ses yeux partirent à la recherche d'une nana. Il s'y prenait très simplement avec les femmes. Il se plantait devant celles qui lui plaisaient et leur demandait : « Tu veux baiser ? » En règle générale, elles refusaient, mais, dans le courant d'une journée passée à boire, et à condition qu'il demande à suffisamment de filles, il obtenait souvent ce qu'il voulait. C'est-à-dire : une rencontre brève et brutale dans une des « habituelles » de Mick ou dans la nature entre l'hôtel et les falaises. Il ne prenait jamais la peine de se dévêtir, ou de l'exiger de sa partenaire, car il ne voulait pas que ses activités sexuelles empiètent trop sur le temps qu'il consacrait à boire. En général, l'alcool dans ses veines atténuait son plaisir. S'il s'y tenait, c'était par habitude et parce qu'il savait d'expérience que sans soulagement sexuel, plusieurs fois par semaine, il se sentait mal à l'aise. Il quittait invariablement la fille sans un mot et reboutonnait son pantalon en revenant au bar. Ses partenaires n'y attachaient que peu d'importance car elles étaient trop soûles pour comprendre ce qui leur arrivait.

Souvent, l'objet de son attention était accompagné d'un homme. La proposition directe de Verdon menait alors immédiatement à la bagarre. Mais cela ne le dérangeait pas, la bagarre faisait partie des activités du week-end, au même titre que la fornication.

Il s'arrêta à la table des cinq jeunes filles et se pencha sur une brunette à la poitrine ample.

— Tu veux baiser ?

La fille, un gentil minois d'une quinzaine d'années, sirotait à la paille un vin fortifié au Coca-Cola.

Elle lui répondit sans prendre la peine de le regarder :

— Va te faire foutre !

Verdon haussa les épaules et poursuivit son chemin jusqu'à sa table. Deux autres jeunes bouchers s'étaient joints à Bob Harris, qui leur racontait une histoire. Il l'illustrait en tenant ses deux mains serrées au-dessus de la tête, puis il frappait la table rapidement, à plusieurs reprises, comme s'il donnait des coups de matraque.

— Je leur racontais, dit Harris en s'étranglant de rire, je leur racontais le coup avec le bœuf, ce matin, Johnny. Bon sang, les gars, dit-il aux autres. Vous auriez vu Johnny ! Il a sauté dans la cage avec cet abruti de bœuf et il a failli lui arracher la tête à force de l'estourbir. Ce bon vieux Johnny aime pas qu'on lui résiste. Il aime les voir tomber du premier coup, pas vrai, Johnny ? Mais je vais te dire un truc, Johnny, dit-il en reprenant son sérieux. Peu d'hommes auraient fait ce que tu as fait. Sauter dans une cage avec une bête pareille, surtout quand elle a le museau écrasé, c'est pas de la tarte. Parce que ça les rend vraiment méchants, crois-moi.

— Peut-être, mais j'avais pas le choix, répondit Verdon avec modestie.

La référence à l'incident ne le dérangeait pas. Il ratait son coup tellement rarement, par rapport aux autres, que ça n'avait aucune incidence.

— Moi, je sais ce que je ferais, répliqua Vic Parsons, qui travaillait au désossage. Je me servirais du fusil, voilà tout. On me ferait pas entrer dans une cage avec un bœuf blessé et furieux, pas question.

— Moi non plus, ajouta Jim Marshall, employé au dépeçage.

La relation entre ces deux hommes et l'équipe de Harris et Verdon évoquait celle existant entre un conducteur et un receveur dans un autocar. Ils travaillaient dans le même domaine et communiquaient facilement, mais les « tueurs » considéraient – et on les y encourageait – qu'ils maîtrisaient une technique bien supérieure et, en conséquence, bénéficiaient d'un statut plus élevé. La différence s'appliquait aussi entre Verdon, « tueur » armé du merlin, et Harris, qui égorgeait les bêtes. Leur lien ressemblait à celui qui lie le pilote au copilote dans un avion.

— J'ai encore jamais eu recours au fusil, dit Verdon.

Le recours au fusil était la pratique habituelle pour s'occuper des animaux particulièrement difficiles à étourdir.

— Tu dois être le seul, observa Harris.

— Ouais, mais ces branleurs savent pas s'y prendre.

Verdon avait été le plus jeune « tueur » de l'abattoir. Arrivé de sa campagne à dix-huit ans, il avait été embauché au dépeçage. L'année suivante, un des bouchers abattants s'était cassé le bras en tombant dans la cage. Verdon s'était porté volontaire pour le remplacer.

— T'as déjà fait ce genre de boulot ? lui avait demandé le chef d'équipe.

— Bien sûr que oui, sacré nom de Dieu, avait répondu Verdon. C'est comme ça qu'on abat tous nos animaux à la ferme.

— Au merlin ?

— Au merlin, à la masse, je m'en fous. Laisse-moi essayer, je vais te montrer.

Le chef d'équipe n'était pas bien chaud. Les inspecteurs de la SPA étaient très méticuleux et les histoires d'animaux mutilés posaient problème. Mais comme il y avait beaucoup de travail ce jour-là et aucun autre ouvrier disponible, il lui avait donné sa chance.

Il s'était détendu avant même que Verdon frappe. Il l'avait vu s'installer au-dessus de la trappe et tester le merlin de quelques mouvements professionnels et sûrs. D'un signe de tête, Verdon lui avait demandé de faire entrer la bête.

Verdon avait souri en sentant l'élan du marteau et, pour la première fois depuis plus d'un an, le plaisir de tuer qui lui descendait dans les reins. Le bœuf, frappé en plein front, s'était effondré comme s'il n'avait plus de pattes.

Verdon avait gardé son poste à partir de ce jour-là et n'avait jamais perdu le plaisir que le coup lui procurait.

— C'est dur à expliquer, dit-il à ses amis du bar. Mais quand on fait ce boulot correctement, on dérape rarement. Je vous jure, poursuivit-il, les yeux humides, je vous jure, c'est génial de les étourdir proprement. On sent le merlin traverser l'os et, je sais pas, on le ressent dans les tripes : ça sort du marteau, ça vous descend dans les bras et vous rentre dans les tripes. Je crois que sans ça on n'est pas fait pour ce métier.

Verdon descendit la moitié de son verre de bière.

— Et c'est en sentant le merlin entrer dans l'os qu'on sait si le boulot est bien fait. À quelques centimètres près, on sent la différence. Mais si on atteint le but, qu'on sent le marteau entrer, le frisson de plaisir est imbattable. Sacré nom de Dieu, c'est fantastique !

Il but encore et ajouta :

— J'imagine que c'est la satisfaction du travail bien fait.

Ses compagnons, respectueux de son envolée poétique, approuvèrent d'un signe de tête solennel.

— Allez, Bob, c'est ta tournée, conclut Verdon.

L'avocat de la défense :

Peter Watts est allé à l'hôtel avec l'intention de lever une fille et dans un état d'esprit – comme il l'a lui-même admis – qui aurait fort bien pu l'amener à perpétrer l'acte qui justifierait la réaction de John Verdon. A-t-il – oui ou non – perpétré cet acte ? C'est à vous d'en décider. Mais si vous pensez que oui, alors John Verdon est probablement innocent.

Le procureur :

L'enquête montre clairement que Peter Watts s'est rendu à l'hôtel dans le simple but de se divertir. Il n'est pas inhabituel, pour un jeune, d'avoir envie de rencontrer des filles.

Le juge :

Je vous prie de garder à l'esprit que vous êtes ici pour juger les faits, et non pas la morale.

Peter Watts avait bu trois verres de bière et languissait que la musique commence. Les gens dansaient sans se toucher et il était alors plus facile de se glisser parmi eux et de se mêler à un groupe. Les danseurs restaient plantés, gigotaient, remuaient un peu les bras et les jambes, les pieds à la rigueur. On pouvait aisément percuter une fille et la peloter en faisant semblant de l'empêcher de tomber. Si les filles étaient en groupe, on s'en approchait et on avait l'impression de danser avec elles. Sauf que, quand elles s'en apercevaient, elles tournaient le dos à Peter. Mais avec sa nouvelle chemise, peut-être ne lui tourneraient-elles pas le dos aujourd'hui. Non que la chemise lui ait porté chance jusqu'à maintenant. Quelques hommes lui avaient fait des remarques, fortes et explicites, mais ce n'était pas la première fois.

Le groupe installait ses instruments. Trois types, au clavier, à la batterie et à la guitare, et une grande blonde aux cheveux longs. Mignonne et une belle paire de nichons, évalua Peter, mais un peu vieille pour lui.

La brunette en avait une belle paire aussi, se dit-il ensuite. Elle avait manifestement envoyé promener l'abruti qui avait donné un coup de pied dans sa chaise un peu plus tôt. Peut-être attendait-elle Peter… Elle l'avait forcément remarqué : il était assis entre elle et le groupe et elle s'intéressait beaucoup au groupe. Devrait-il lui sourire ? Ou valait-il mieux s'approcher d'elle et l'inviter à danser ? Devrait-il le faire dès maintenant ? Non, il valait mieux attendre que la musique commence. C'était une gamine. Une des rares filles du bar nettement plus jeunes que lui. Il devait faire figure d'homme à ses yeux. C'est sans doute pour ça qu'elle avait rejeté l'autre type. Trop vieux pour elle.

Les musiciens accordaient leurs instruments. Dès qu'ils commenceraient à jouer, il irait inviter la fille. Tout irait bien. Il suffirait qu'il s'approche et dise : « T'as envie de danser ? » et elle, bon, elle était jeune, elle se tournerait peut-être vers ses amies et ricanerait, mais elle se lèverait ensuite et le suivrait sur la piste de danse. Ce serait sans doute le moment de lui prendre la main, puis de la lâcher pour danser, côte à côte. Sans soutien-gorge, ses seins ballotteraient de haut en bas et il serait très proche d'elle. Ensuite, il la ramènerait à sa table et ils boiraient un verre ensemble. Ils danseraient une nouvelle fois, puis il lui annoncerait qu'il avait une moto. Une gamine comme elle ne manquerait pas d'être impressionnée. Elle lui demanderait plus ou moins d'aller faire un tour. Ils partiraient ensemble et il foncerait sur quelque petite route peu fréquentée pour lui faire peur. Elle se serrerait fort contre lui, ses nichons écrasés dans son dos. Puis il s'arrêterait.

Le groupe se mit à jouer. Un accord dissonant à l'orgue, suivi d'un double coup sur la batterie et accompagné des profondes vibrations de la guitare rythmique et du contralto de la chanteuse, prophétique :

There is a house in New Orleans,
It's called the Rising Sun,
It's been the ruin of many a poor boy,
And me, oh God, I'm one[1].

La petite piste de danse fut immédiatement envahie. En quelques secondes, une centaine de danseurs s'agglutinèrent et s'agitèrent en rythme. D'une manière ou d'une autre, la ségrégation sexuelle des tables s'évaporait sans un mot sur la piste. Les trois quarts des danseurs étaient en couple. Le quart restant était composé de filles, seules ou en groupe, ce qui ne faisait pas une grosse différence car les danseurs ne se déplaçaient guère et se contentaient de bouger dans la direction de leurs partenaires. La petite brune qu'admirait Peter s'était précipitée sur la piste avec toutes ses amies, dès les premières notes. Elle dansait au sein d'un groupe de trois filles, les yeux clos, et se tortillait en cadence.

Peter termina sa bière et les rejoignit ; il se plaça le plus près possible de la brunette. Il était en réalité à quelques mètres d'elle, mais il roulait

1. Version originale des *Portes du pénitencier.* (NdT)

des hanches et des épaules et observait le profil de la fille, espérant ainsi donner l'impression qu'ils étaient ensemble. N'importe quel spectateur aurait vu un jeune boutonneux, la bouche grande ouverte, dévorant des yeux une gamine plongée dans son propre univers.

Ce que ni Peter ni la fille ne réalisaient, c'est qu'elle était si soûle qu'elle n'avait pas la moindre idée d'où elle était ni de ce qu'elle y fabriquait. Une impulsion glandulaire l'avait propulsée sur la piste quand elle avait entendu la musique, mais son esprit était emporté par une vague sombre et instable – état fréquent chez les gamines de quinze ans qui boivent cinq heures d'affilée, sans avoir mangé depuis la veille.

Peter se rapprocha furtivement. Il cherchait à se retrouver devant elle pour qu'elle le remarque. Il n'avait plus aucun doute maintenant : elle ne portait pas de soutien-gorge. Ses seins, jeunes, amples et souples, s'agitaient avec le tempo. Peter aperçut le mamelon droit qui glissait de haut en bas sous son léger corsage transparent.

Il s'approcha encore, puis quelqu'un le percuta, il trébucha, faillit tomber et se retrouva face à face avec la fille. Leurs corps se touchaient presque.

Elle n'avait toujours pas ouvert les yeux et ne soupçonnait en rien la présence de Peter, mais il n'en était pas moins tout proche des seins en mouvement, ils touchaient presque sa chemise neuve. Il ne s'éloigna pas et se laissa à nouveau porter par le rythme. N'importe quel spectateur aurait pensé qu'ils dansaient ensemble.

Les amis de Verdon et Harris les abandonnèrent pour rejoindre la piste. Les deux compères, qui ne dansaient jamais, portaient un regard méprisant sur la foule en s'interrogeant, à juste titre il faut dire, sur la débilité de leurs contemporains.

— Hé ! lança soudain Verdon. Regarde ce petit enculé de pédé danser avec la minette au gros pare-chocs. Manque pas de culot, ce petit merdeux !

— Tu parles ! Ça doit être sa sœur ! dit Harris. C'est tout ce qu'il doit pouvoir tirer, ce petit merdeux.

Verdon avait le regard fixé sur Peter. Et sur la fille à qui il avait parlé. Qui l'avait rejeté. Et voilà qu'elle dansait avec ce petit pédé. Elle l'avait rejeté, lui, John Verdon, pour danser avec un pédé.

— Il mériterait qu'on lui coupe les couilles et qu'on les lui enfonce dans la gueule, observa-t-il par badinage.

— Faudrait d'abord qu'il en ait, rétorqua Harris.

Mais, loin d'être consolé, Verdon ne quittait pas des yeux Peter Watts, qui se trémoussait en extase, à quelques centimètres des gros nichons que Verdon avait convoités ou qui, en tout cas, avaient suscité son élan d'interaction sociale.

*

* *

Une bagarre éclata sur la véranda, derrière l'hôtel. Deux jeunes blonds chevelus, torse nu, s'empêtraient les membres sur le ciment. Les filles qui les accompagnaient, bien éméchées, se dirigèrent à l'autre bout de la terrasse, leur verre de bière à la main. La bagarre ne les dérangeait pas, mais elles tenaient à éviter un coup accidentel.

Les deux hommes se tenaient les cheveux par poignées et tentaient d'enfoncer un coup de genou dans le corps adverse. Ils parvenaient surtout à s'entrechoquer les genoux, mais il arrivait à l'occasion qu'un coup trouve sa cible. Ils semblaient ne sentir aucune douleur, ni celle des coups ni celle des cheveux tirés, peut-être l'alcool les anesthésiait-il, mais il n'adoucissait pas la férocité de leurs expressions. Leurs assauts aspiraient à infliger de graves mutilations.

L'un d'eux repoussa brusquement la tête en arrière et se fit arracher plusieurs mèches. Sans lâcher les cheveux, l'autre lui plongea le poing dans la gorge et sentit le larynx s'effondrer sous l'impact.

L'homme blessé recula et tomba à genoux. Son adversaire tenta alors de lui envoyer des coups de pied dans la nuque, mais le rata. Le blessé se releva, chancela et s'écroula. Les deux filles s'interposèrent avant que le vainqueur puisse profiter de la situation, mais la victime, qui suffoquait et toussait en quintes convulsives, s'effondra dans le passage qui menait de la véranda au *public bar*.

À l'intérieur, il se releva et essaya de parler, mais, avec la gorge pleine de sang, il n'était pas loin de se noyer.

Mick se trouvait par hasard dans le *public bar*. Levant les yeux sur un client qui crachait le sang sur le sol de son bar, il passa rapidement à l'action. Il bondit par-dessus le comptoir, une sacrée performance pour un homme de sa corpulence, trotta jusqu'au blessé, le prit par les épaules et le poussa hors de la salle, dans la véranda.

— Occupez-vous de votre pote, ça vaudra mieux, dit-il aux deux filles et à l'autre bagarreur.

Conscients de la tournure sérieuse qu'avaient prise les choses, ceux-ci regardaient d'un œil inquiet le sang qui s'échappait de la bouche de leur compagnon.

— On devrait appeler un médecin, suggéra l'une des filles.

— Bonne idée, ma poulette, lui dit Mick. Y a une cabine publique au coin de la rue.

— Est-ce que je peux téléphoner du pub ?

— Non, le pub n'a rien à voir là-dedans. Je ne sais pas ce qui s'est passé. Personne n'a rien vu, ici. Allez appeler un médecin ou transportez votre copain à l'hôpital. Bon, c'est bien compris ? Alors bougez-vous, je veux pas avoir d'histoires.

Le blessé était à peine conscient. Allongé sur le ciment de la véranda, il perdait son sang en un flot bouillonnant et ininterrompu.

— Merde, mec, il est vraiment mal en point, dit l'une des filles.

— Qu'est-ce que vous attendez pour l'amener à l'hôpital, alors ? lança Mick en se réfugiant dans le bar.

Comme les deux filles le suivaient et l'imploraient de les laisser téléphoner, il les repoussa, ferma les portes et les verrouilla.

— Le garçon n'est vraiment pas bien, dit Jenny, qui avait suivi l'incident.

— Il s'en remettra, répondit Mick. Je peux pas le laisser dans l'hôtel, sinon il va nous attirer des ennuis.

— Bien sûr que non, mon chéri. Mais il n'a pas l'air capable de tenir debout.

— Toi non plus, si tu avais descendu entre vingt et trente demis, observa Mick, qui touchait rarement à la boisson lui-même. Sale petit soûlard !

Il accordait peu d'importance au fait qu'il avait lui-même servi la plupart de ces demis.

Les deux filles et leur compagnon finirent par traîner le blessé dans une voiture et le conduisirent aux urgences de l'hôpital régional, à une quinzaine de kilomètres. Il survécut et en sortit une semaine plus tard.

*

* *

Quand la musique s'arrêta, Peter était toujours en face de la petite brune. La piste se vida rapidement, mais la fille ne bougeait pas ; les yeux toujours clos, son corps se fiait à sa mémoire pour marquer le rythme de petits mouvements syncopés. Peter tentait de rassembler son courage pour lui parler et fut stupéfié quand elle lui tendit la main. Il la prit, perplexe, et l'examina pendant quelques secondes.

Comment aurait-il pu deviner que la fille était, à la fois, inconsciente et debout ?

Toujours à court de mots, mais peu disposé à lui lâcher la main, Peter se tourna et guida la fille à sa table, sans parvenir à croire qu'elle allait le suivre. Il essaya ensuite de comprendre pourquoi elle ne prenait pas la place qu'il lui offrait, puis résolut le problème en lui poussant galamment la chaise dans le creux des genoux. Elle s'effondra et ouvrit enfin les yeux.

— Euh… qu'est-ce que tu veux boire? demanda-t-il d'une voix rauque.

Il avait du mal à réaliser qu'il posait la question à une fille en chair et en os.

La fille sourit et acquiesça, et Peter, qui ne voulait pas insister, se leva et alla commander un demi pour lui et un double scotch-Coca pour elle. Il avait remarqué que la plupart des filles aimaient les mélanges au Coca-Cola, et son instinct lui avait dicté le choix du double scotch, en présumant à juste titre que, plus elle serait soûle, mieux elle s'accommoderait de ses désirs.

Les amies de la fille, la voyant « casée », avaient échangé un grand sourire complice avant de l'oublier, résolues à se concentrer sur leur propre sort, à partir de maintenant.

Peter rapporta les boissons et plaça le scotch près de la main de sa compagne.

— Je m'appelle Peter Watts, annonça-t-il d'un ton incertain.

La fille acquiesça aimablement, et, s'apercevant de la présence du verre, elle le vida d'un trait, avec la vague impression d'avoir terriblement soif.

Peter s'en félicita et fut d'autant plus réconforté que, ayant touché sa paye la veille, il avait de l'argent plein les poches.

— T'en veux un autre ? demanda-t-il.

Il n'obtint aucune réponse mais, sentant qu'il commençait à comprendre cette forme de communication, il alla lui commander un autre whisky double.

Alors qu'il était au bar, le brigadier de police, un grand homme grisonnant à forte carrure, entra dans le pub. Fort symbole d'autorité dans son uniforme, il voulait « jeter un coup d'œil ».

Mick s'empressa de l'accueillir. Le policier était une des rares personnes qui pouvaient être sûres d'attirer immédiatement son attention. Le brigadier était si généreusement arrosé pour ignorer toutes les irrégularités du fonctionnement de l'établissement que Mick aurait pu se dispenser de lui adresser la moindre politesse, mais, en la circonstance, le patron du bar était un homme de principe.

— Vous prendrez bien quelque chose, brigadier ? demanda Mick, qui connaissait la réponse par cœur.

— Jamais pendant le service, Mick, lui répondit-il d'une voix forte.

Puis il se retourna et inspecta le *lounge*. Il lança un regard dégoûté sur les pieds nus de Peter, juste à côté de lui.

— Tout le monde a l'âge requis, Mick ? demanda le brigadier, le regard ostensiblement fixé sur Peter.

— Bien sûr, brigadier. Tout le monde a l'âge requis chez moi, comme toujours. Ce type-là est probablement le plus jeune sur les lieux, dit-il en montrant Peter du doigt. Quel âge as-tu, fiston ? T'as plus de dix-huit ans, non ?

— Ouais, répondit Peter.

— Bien sûr que oui. Vous voyez, brigadier, tout le monde a l'âge de boire.

Cette pantomime s'adressait aux citoyens bien intentionnés, tentés de dénoncer les activités de l'hôtel au ministère chargé d'accorder les licences.

Parcourant de nouveau la salle, le regard du policier se posa sur l'adolescente à la table de Peter. Il la connaissait, car c'était une camarade d'école de sa propre fille de quinze ans. Mais il ne la reconnut pas sans son uniforme de lycéenne. De toute façon, il ne lui aurait pas adressé la parole. Il se méfiait des questions directes aux consommateurs, depuis le jour où il avait demandé à une gamine ivre si elle avait dix-huit ans : « Je les aurai bientôt, m'sieur, dans quelques années », avait-elle répondu.

Mick avait dû expulser l'adolescente, pour la forme, or expulser une cliente alors qu'elle réglait ses consommations était contraire à l'esprit de l'accord entre les deux hommes.

— Pas d'ennuis, Mick ? demanda le brigadier.

— Aucun, brigadier. Mon pub ne connaît pas les ennuis, vous le savez bien.

Mick lui avait répondu en évitant de regarder la véranda, où le jardinier nettoyait les taches de sang à grande eau.

Peter rejoignit sa copine et lui donna le whisky. Elle le descendit aussi nonchalamment que le précédent. Avec ses cinq demis dans l'estomac, Peter était pour sa part habité d'une rare confiance en lui. La main gauche de la fille était posée sur la table, Peter la couvrit de la sienne. Comme elle ne la retira pas, il en conclut qu'il tenait la main d'une gamine qu'il allait bientôt emmener faire un tour à moto.

*

* *

Verdon sentit qu'il devenait irritable. Il se faisait tard, un samedi après-midi, et il n'avait pas encore forniqué. Normalement, ses activités du week-end comprenaient deux épisodes le samedi et un seul le dimanche car il ne se sentait pas en grande forme le dimanche matin.

Il y avait certes des variations aussi considérables qu'exotiques à ce programme sexuel, mais il n'aurait su dire lesquelles car, la plupart du temps, il avait le plus grand mal à s'en souvenir. Mais la routine des deux fois le samedi et une le dimanche lui paraissait un bon programme de base.

La salle entière était maintenant plongée dans un silence solennel, brisé seulement par quelques rots retentissants. Les hommes appuyaient leurs regards sur toutes les formes féminines dans leur champ de vision, avec la solide patience du taureau qui guette une femelle en chaleur. Verdon avait proposé son offre simpliste à plusieurs filles, mais sans succès jusqu'à présent. Il ne se sentait pas découragé, une émotion trop complexe pour lui, mais il était agacé.

La vue de Peter, qui tenait la main de la petite brune, enflamma son énervement. Cette salope l'avait rejeté alors qu'elle était clairement prête à baiser. Le petit pédé qui lui tripotait la main méritait un bon coup de pied dans les couilles. Il était capable de la peloter et de rien d'autre. Pourquoi ne laissait-il pas la gamine tranquille ? Pourquoi n'allait-il pas jouer avec les gars de son espèce ?

Verdon avait envisagé d'aller reposer sa question à la brunette – il y avait manifestement eu malentendu auparavant – mais il mettait un point d'honneur à ne jamais solliciter deux fois la même fille.

La musique reprit. Un bruit retentissant étouffa le brouhaha des voix, réprima pensées, sentiments et toute forme de communication humaine, à part les mots hurlés directement à l'oreille.

Verdon remarqua que Peter guidait la fille sur la piste. Il cracha copieusement sur la moquette. Il voyait les seins de la brune s'agiter en cadence. Alors qu'il était d'ordinaire trop peu porté sur les subtilités sexuelles pour s'attacher à leurs manifestations secondaires, son célibat actuel le rendait singulièrement sensible. Il n'était pas conscient d'éprouver une profonde jalousie sexuelle ; il se sentait simplement saisi d'une rage violente, dirigée contre Peter.

— Je crois que je vais aller casser la gueule du pédé, dit-il à Harris, qui approuva d'un signe de tête formel, comme si c'était la chose la plus naturelle au monde.

Verdon se leva, mais fut immédiatement distrait par deux filles qui venaient d'entrer. Elles portaient des jupes, ce qui était rare ici, et des chemisiers qui ne faisaient rien pour dissimuler leurs poitrines rondes et appétissantes.

Elles marquèrent une pause à l'entrée, parcourant la salle d'un œil intéressé, puis se dirigèrent vers la piste et se mirent à danser ensemble.

Verdon s'avança vers la plus proche et lui posa sa question rituelle.

À quelques mètres seulement des haut-parleurs du groupe, la fille n'entendit rien, mais elle répondit à Verdon par un sourire et un haussement d'épaules.

Verdon approcha ses lèvres de son oreille et gueula sa question à trois mots.

La fille comprit et hurla sa réponse :

— Cinq dollars.

Avec le volume de la musique, Verdon comprit mal, et ne saisit que le chiffre.

— Oh, je devrais bien y arriver, beugla-t-il.

Il se dit intérieurement que cette salope aurait de la chance s'il réussissait à la tirer plus d'une fois.

À moins d'y être obligé, il n'aimait pas utiliser la même fille deux fois.

Il lui agrippa le bras et la guida hors de la piste et du *lounge*.

« Johnny a raison », songea Harris en le voyant partir. Il décida de trouver lui aussi une solution. « Sinon, je serai trop bourré », se rappela-t-il avec une grande sagesse.

Verdon hésita entre la plage et une chambre, mais opta pour le second choix afin de ne pas perdre de temps. Il se présenta à la réception de l'hôtel :

— Une chambre pour la nuit, demanda-t-il à Jenny.

Jenny évalua de suite le couple et lui attribua une « habituelle ».

— Dix dollars pour la chambre et le petit déjeuner.

Verdon faillit lui répondre qu'il se foutait du petit déjeuner, mais il avait déjà eu cet échange dans le passé et était vaguement conscient de devoir respecter un certain protocole. Il lui tendit les dix dollars, prit la clé et, suivi de la fille, gravit lourdement les marches.

Verdon ouvrit la porte et laissa à sa compagne le soin de la refermer. Le temps qu'il lui fallut pour le faire et pour pousser discrètement le verrou, il avait déjà ouvert sa braguette. Il prit la fille par les épaules et la poussa vers le lit.

— Doucement, mon pote, doucement.

— Au cul, doucement ! répondit Verdon, qui la poussa brutalement sur le dos et retroussa sa jupe.

En femme pratique, elle ne portait pas de culotte, Verdon put donc économiser les efforts qu'il déployait d'ordinaire pour arracher tout obstacle à ses intentions.

— Hé, doucement, mon pote ! couina la fille, que Verdon cherchait déjà à pénétrer.

Elle n'était pas opposée à son empressement, car plus le boulot était rapide, plus elle pouvait gagner d'argent, mais elle ne voulait pas endommager ses outils de travail pour autant.

Verdon eut un peu de mal à trouver son chemin, mais la fille, confrontée à l'inévitable, le guida et, en cinq ou six coups de reins violents, Verdon avait rempli un tiers de son quota pour le week-end.

Il se retira, descendit du lit et se dirigea vers la porte en remontant sa braguette.

— Attends ! dit sèchement la fille, qui s'assit en s'essuyant les cuisses sur le couvre-lit par mesure d'hygiène.

Verdon se tourna à moitié, mais ne prit pas la peine de s'arrêter.

— Attends ! cria-t-elle de nouveau. Tu me dois cinq dollars, mon pote !

Abasourdi, Verdon lui fit face.

— Quoi ?

— Cinq dollars. Je t'ai dit que c'était cinq dollars.

Verdon ne reconnut pas son erreur. Tout ce qu'il savait, c'est que cette salope lui demandait du fric. Il n'avait jamais payé de sa vie.

Elle abaissa sa jupe et se leva.

— Pas d'arnaque, mec, c'est cinq dollars.

S'il avait aimé se disputer, Verdon lui aurait fait remarquer qu'il avait déjà payé dix dollars pour la chambre, ce qui rendait sa requête encore plus extravagante, mais de toute façon, l'idée même de la payer dépassait l'entendement.

À tel point qu'il se contenta d'un son entre le rire et le grognement et finit de remonter sa braguette. La fermeture se coinça dans les poils pubiens et il fut traversé d'une douleur aiguë. Il grimaça et défit la braguette.

La fille éclata de rire. Verdon essaya de la gifler, la rata et, parce qu'elle n'en valait pas la peine, décida de prendre la porte. Elle tenta de l'en empêcher, mais il la repoussa et elle retomba lourdement sur le lit.

— Je te le ferai payer, espèce de salaud ! hurla-t-elle dans son dos.

Puis elle arrangea ses habits et redescendit dans le *lounge*. Ce n'était qu'un incident dans une journée de travail et elle gardait bon espoir d'obtenir le paiement qu'elle méritait.

Quand le couple fut passé devant la réception, Jenny trottina à l'étage pour vérifier l'état de la chambre et fut ravie de voir qu'elle n'avait qu'à lisser un peu les plis du couvre-lit. La clé était toujours sur la porte. Le client suivant occupa la chambre une demi-heure plus tard.

— Ta braguette est ouverte, Johnny, lui fit remarquer Harris quand il rejoignit ses amis.

Verdon grogna et remonta prudemment la fermeture Éclair, puis il s'empara de la première des deux bières que Harris lui avait consciencieusement mises de côté.

*
* *

Quand la musique s'arrêta, Peter prit la main de la brunette et la ramena à sa table. Elle ne lui avait toujours pas parlé, pas un mot, ce qui ne dérangeait pas Peter, en fait ça lui facilitait la vie. La fille semblait s'être donnée à lui.

— Tu veux boire autre chose ? lui dit-il en s'asseyant.

Elle restait assise, les coudes sur la table, les yeux dans le vide, derrière Peter.

Il se demanda s'il devait lui offrir un autre verre. Lui-même n'en voulait plus, pas pour l'instant en tout cas.

La fille, plongée dans une rêverie, lui fit un large sourire niais, que Peter interpréta comme un signe d'affection.

— J'ai une moto, lui dit-il.

Elle continuait de sourire.

— Tu veux aller faire un tour ?

Bizarrement, les choses se déroulaient à peu près comme il l'avait imaginé, mais avec une fille moins bavarde.

Elle ne disait toujours rien, et Peter, intuitivement persuadé qu'elle ferait tout ce qu'il lui demanderait, se leva et la prit par la main pour l'aider à s'extirper de sa chaise.

Elle se mit sur pied, soumise, vaguement consciente du manque de musique pour aller danser, mais bien trop partie pour savoir qu'en conclure.

Peter sortit de l'hôtel sans la lâcher, puis la mena jusqu'au parking où il avait garé sa moto. Son casque était verrouillé au guidon ; il le détacha en s'interrogeant. Devait-il le lui proposer ?

— Veux-tu mettre le casque ? lui demanda-t-il en le lui tendant.

Le sourire flou et fixe fut la seule réponse.

Peter lui plaça le casque sur la tête avec douceur. Elle avait des cheveux épais et il tenait bien. Il attacha la boucle sous son menton et baissa la visière. Avec son corsage, son jean et son casque, la fille était transformée en un de ces corps asexués, extraterrestres, qui conduisent des motos. La confusion n'était toutefois possible que de dos. Peter regretta de lui avoir donné le casque, qui la privait de féminité, mais se consola en pensant qu'il le lui ôterait dès qu'ils s'arrêteraient.

Il enfourcha sa moto et démarra.

— Monte et tiens-toi contre moi, dit-il en sentant l'épaisseur des mots au fond de sa gorge.

La fille resta plantée, anonyme et inerte sous la visière sombre.

— Monte ! cria Peter. Monte derrière moi !

Mais elle resta immobile.

Intrigué, mais tolérant devant un phénomène tributaire d'un monde qui lui était inconnu, Peter lui prit le bras. Elle n'opposa aucune résistance, se laissa tirer vers la machine.

— Passe la jambe par-dessus le siège, lança Peter.

Mais les mots n'atteignaient pas la gamine.

Peter se baissa et l'agrippa par le jean ; il essayait de l'installer derrière lui et s'excitait en sentant la chair dodue sous la raideur du tissu. La fille leva une jambe et serait tombée à la renverse si Peter lui avait lâché la main. Il tira d'un coup sec et réussit à lui faire passer la jambe sur le siège, mais elle penchait encore beaucoup trop d'un côté.

Il s'aperçut également qu'elle était dans le mauvais sens.

Peter, dont l'assurance avait augmenté avec la passivité absolue de sa compagne, descendit de moto, lui fit passer la jambe par-dessus la machine, et réussit à la placer plus ou moins d'aplomb.

Il découvrit aussi qu'en la tenant sa main droite se trouvait contre son sein droit. C'était la première fois qu'il touchait une poitrine féminine et il restait à la tenir, transi et émerveillé, tandis que le moteur tournait et qu'il respirait les gaz d'échappement. Puis, dans un élan d'excitation, il s'installa à son tour, sans la lâcher, et l'aida à l'enlacer.

Elle s'affala contre lui. Comme il l'avait imaginé, il sentit l'opulente poitrine s'écraser contre son dos. Un coin du casque lui rentrait dans l'épaule, là où la tête s'était avachie, mais il l'ignora.

— Accroche-toi, lui cria-t-il, mais il se fia à son instinct et sortit lentement du parking.

Il prit le petit chemin de terre qui menait à la plage.

Il ne fit pas cinquante mètres avant de perdre la fille. Elle était tombée à la renverse.

Peter s'arrêta, lâcha la moto et accourut. Assise dans la poussière, elle ricanait. C'est ce que Peter crut qu'elle faisait, mais il n'en était pas certain, sous le casque. Il l'aida à se relever.

— Faut t'accrocher, lui expliqua-t-il.

Aucune réponse.

Désemparé, Peter continua :

— Bon, écoute, tu préfères qu'on se balade à pied ?

Il entendit des ricanements sous le casque.

— D'accord, bouge pas, je reviens.

Peter revint vers la moto, la releva et la gara sur le bas-côté.

— On va aller se promener au bord de la mer. Tu ferais mieux d'enlever ton casque.

Il n'attendait plus aucune réponse, maintenant. Il détacha la lanière sous le menton. Mais elle leva les mains, lui tint les doigts et hocha la tête. Peter en déduisit qu'elle voulait garder son casque. Il ne comprit pas pourquoi mais, vu ce qu'il espérait tirer d'elle, il n'avait aucun intérêt à s'y opposer.

— Allons-y.

Il lui prit la main et la mena le long du sentier qui descendait à la plage.

Peter trouva une crique sableuse derrière quelques broussailles près de l'eau. La journée était fraîche, peu de gens étaient sur la plage. L'intimité n'était pas la préoccupation principale de Peter, mais il n'avait pas envie d'être interrompu. Debout derrière les buissons, il pouvait voir jusqu'à la mer en contrebas et l'hôtel de l'autre côté, à quelques centaines de mètres. Il entendait encore distinctement le boucan du groupe, comme tout le monde dans un rayon d'un ou deux kilomètres. La musique couvrait même le bruit des vagues, là où il était, mais cela n'avait rien de surprenant pour Peter, pas plus que ne l'était l'énorme tache brune qui descendait à la mer à partir de la sortie des égouts de l'hôtel, juste devant lui. Déverser dans la mer des déchets sans les traiter représentait une économie naturelle pour l'établissement et le conseil municipal n'était pas disposé à faire preuve de sévérité. D'autres détritus de l'hôtel, cannettes de bière, croûtes de friands et papiers jonchaient la plage et l'abri de Peter, mais ils s'inscrivaient dans l'environnement, au même titre que les buissons et les arbustes qui l'entouraient.

Il s'assit et attira la fille à côté de lui.

Elle croisa les jambes, laissa tomber ses mains sur ses genoux et sa tête s'affaissa. Peter pensa qu'elle était timide. Ce qui expliquait pourquoi elle tenait à garder le casque.

La fille perdit connaissance et, quand Peter se pencha pour lui toucher l'épaule, elle roula en arrière et s'étala, les bras en croix, les jambes toujours croisées.

Peter lui caressa timidement le bras. Aucune réaction. Il lui toucha l'épaule. Elle ne bougea pas. Il simula un geste accidentel pour lui poser la main sur le ventre. Il sentit une chaleur délicieuse sous le corsage.

Il détacha craintivement le dernier bouton de son chemisier, l'avant-dernier, puis il remonta et la splendeur de la jeune et douce poitrine lui apparut bientôt, tout en courbes avenantes de chair rose et blanche. Tendrement, il prit les deux seins entre ses mains tremblantes.

Il pressait, pétrissait et caressait la poitrine, la prenait à pleines mains, un peu déçu de ne susciter aucune réponse chez elle, mais disposé à s'en contenter.

Une délicatesse improbable lui interdit d'essayer encore de lui ôter le casque. Il supposa qu'elle voulait le garder et s'en accommoda.

Il eut beaucoup de mal avec le jean. Il était très serré et elle avait les jambes croisées. Il parvint à les décroiser, mais commit l'erreur de rouler le pantalon des hanches vers le bas. La vue de sa culotte rose l'excita terriblement, il tira sauvagement sur le jean et l'entortilla atrocement au niveau des genoux.

Haletant, il prit un moment pour réfléchir, remonta le jean et recommença en tirant sur les extrémités des jambes.

Le pantalon conquis, la culotte ne présentait aucune difficulté et Peter se trouva bientôt confronté à la vision d'une jeune fille complètement nue, allongée sur le dos, les bras ouverts, les seins offerts et les jambes écartées.

L'incongruité visuelle du casque masquant son visage ne le dérangeait pas particulièrement.

Il se débarrassa en hâte de ses propres vêtements.

L'avocat de la défense :

Si Peter Watts a violé, ou tenté de violer la jeune fille, la réaction de John Verdon était justifiée.

Le procureur :

Les seules preuves de ce viol proviennent de Verdon et de Watts. Watts affirme que Verdon a commis le viol, Verdon affirme que Watts a commis le viol. Nous ne disposons pas d'autres éléments. La jeune fille n'a aucun souvenir des faits, et l'examen médical subséquent a seulement confirmé qu'elle a eu un rapport sexuel. Il n'a relevé aucun signe d'agression.

Le juge :

Dans cette affaire de viol, la validité des témoignages reste douteuse puisque tous les protagonistes admettent avoir été passablement soûls au moment des faits. Permettez-moi de vous rappeler à ce propos que l'état d'ivresse ne constitue en aucun cas un élément de défense.

Le souteneur de la prostituée observa un certain décorum pour aborder Verdon et arriva flanqué de deux amis. Les trois hommes, solides, plus âgés que les employés de l'abattoir, fortement musclés, compensaient par la force ce qui leur manquait en rapidité. Par ailleurs, ils étaient relativement sobres.

Ils s'approchèrent d'un pas décidé de la table de Verdon et le toisèrent.

— Salut, mon pote, dit le protecteur. Tu me dois cinq dollars.

Les abatteurs levèrent la tête en silence, sans savoir de quoi il retournait. La bière avait beau émousser leurs instincts, ils reniflaient une odeur de violence. Ils n'y voyaient pas grand inconvénient, car elle s'inscrivait dans le programme du week-end, mais ils devaient respecter un certain protocole avant la bagarre.

Le souteneur ne voulait pas se battre dans l'établissement ; les dégâts occasionnés l'auraient fait interdire. Mais, habitué de ce genre de situation, il savait exactement comment préparer la scène.

Verdon, tel un taureau reniflant un rival, se redressa dans son siège.

— C'est quoi, ton problème ?

— Je veux les cinq dollars que tu me dois. Allez, vas-y, j'attends.

— C'est quoi ton problème ?

Le souteneur expliqua patiemment.

— T'as eu ce que tu voulais et tu dois payer. Aboule…

— Et un coup de pied dans les couilles, ça te dirait ?

— Écoute, mon pote, je peux te mettre en morceaux et te réduire en bouillie en l'espace de dix secondes, et je suis prêt à le faire si tu sors pas tes cinq dollars.

Même à jeun, Verdon ne connaissait pas la peur : il cracha aux pieds du caïd.

— Va te faire foutre !

— D'accord, mon pote. On règle ça sur la plage ?

S'attendant à être frappé sur-le-champ, Verdon s'était préparé avec mépris à ce que son adversaire lance le premier coup. Il comprit que la provocation était plus formelle. Il n'y aurait pas de mêlée désordonnée entre les deux groupes : le type lui lançait un défi personnel. Ce qui lui convenait parfaitement.

Il se leva si brusquement qu'il renversa sa chaise. Le regard de Mick se braqua immédiatement sur lui. Le patron eut vite fait d'évaluer la situation et saisit le gourdin en ébène sous le comptoir.

Mais il s'apaisa quand il vit Verdon se forcer un passage à travers les danseurs, suivi de son pote Harris et, plus posément, des trois autres hommes. Tant qu'elles prenaient place hors de son établissement, Mick tolérait ces rixes.

Verdon sortit de l'hôtel et prit immédiatement la route de la plage. Il s'était souvent trouvé dans des situations comparables et il se dirigeait vers un coin qui – pour des raisons qu'il était le seul à connaître, si raisons il y avait – lui semblait convenir à de telles rencontres. Harris lui emboîtait le pas et les trois autres suivaient, un peu à l'écart.

Mick les regarda disparaître. Il n'avait pas envie qu'un abruti revienne en courant à l'hôtel, les entrailles à l'air, mais il n'était pas inquiet. Il avait déjà vu les trois hommes à l'œuvre : leurs victimes étaient rarement en état de marcher et encore moins de revenir au pub.

*

* *

— Alors, fiston, qu'est-ce que tu veux? demanda-t-il au jeune qui se tenait au comptoir.

— Un bock de rhum, Mick.

Mick consulta l'horloge. La requête était inhabituelle d'aussi bonne heure. Une tradition locale voulait que les jeunes consomment vingt-cinq centilitres d'alcool fort, juste avant de quitter les lieux.

— Tu dois déjà rentrer chez toi, Charley ? lui demanda Mick, qui reconnut le fils d'un de ses piliers de comptoir.

— Je vais à un bal, répondit le jeune.

La voix empâtée, il tenait mal sur ses jambes. Il buvait de la bière depuis midi, sans interruption, et le peu de cervelle qui lui restait flottait dans l'alcool. Mick n'aurait jamais songé à refuser de le servir. Il faisait payer quatre dollars le verre de vingt-cinq centilitres de rhum. À la boutique d'alcool à emporter, dans le même pub, le jeune aurait pu acheter une bouteille de rhum de bien meilleure qualité pour un moindre prix, mais il aurait raté une étape importante de l'après-midi. Celle qui consistait à s'enfiler un bock d'alcool fort devant tous les copains. Mick encourageait le respect de cette coutume. Le profit était élevé, même avec un dosage honnête. Comme il parvenait souvent à carotter quelques centilitres et qu'il vendait exclusivement de l'alcool bas de gamme dans le *lounge* le samedi, il encaissait probablement trois dollars de bénéfice par verre.

Si les gamins commandaient un cocktail d'alcools – whisky, vodka, rhum et gin –, la marge de bénéfice était encore plus élevée. Certes, les consommateurs étaient généralement saisis d'atroces vomissements, mais la plupart parvenaient à rester sur pied jusqu'à leur voiture.

Mick servit le rhum et encaissa les quatre dollars.

— Merci, Mick. Bois un verre à ma santé, dit le jeune en posant quarante centimes supplémentaires sur le zinc.

— Merci, mon pote, la prochaine est pour moi, récita Mick en recueillant les pièces qu'il lança dans sa boîte à pourboires.

C'était une des sources de revenus qu'il s'autorisait à ne pas partager avec le propriétaire.

Le jeune zigzagua jusqu'à sa table, où trois filles portaient un regard vide sur quatre gamins en attendant la reprise de la musique.

— Bon, à plus tard, alors, dit le jeune.

Il se plaça bien en vue du groupe pour descendre son bock de rhum.

Sous l'œil indifférent de la tablée, il tenta d'avaler l'alcool d'un trait. Mais il avait mis la barre trop haut, même anesthésié comme il l'était. Il pantela et dut marquer plusieurs pauses. Au final, il s'assit et prit une dizaine de minutes pour absorber tout le rhum. Pendant ce temps, ses compagnons avaient rejoint la piste de danse.

Le jeune se mit sur pied avec difficulté, à peine conscient de son entourage, le taux d'alcool dans son sang proche du niveau fatal. Sa familiarité des lieux lui permit de sortir de l'hôtel sans encombre et il parvint même à trouver sa voiture sur le parking. Après quelques difficultés, il parvint à introduire la clé de contact et démarra. Son corps se soumit alors à l'instinct du vingtième siècle qui offre à un homme incapable de tenir debout la faculté de conduire une voiture.

Malheureusement, cet instinct n'améliorait guère sa vision, surtout à la vitesse de cent quarante kilomètres à l'heure qu'il avait atteinte peu après avoir quitté l'hôtel.

C'est ainsi qu'il s'encastra dans un semi-remorque, dont le plateau lui arracha le crâne au niveau du nez.

La marinade de sa cervelle s'éparpilla d'un bout à l'autre de sa voiture.

Mick entendit parler de l'accident le lendemain et, comme il connaissait vaguement le père du jeune, il se demanda s'il devait envoyer des fleurs. Redoutant que son geste implique la responsabilité de l'hôtel, il décida toutefois de s'abstenir.

Au moment même où le gamin perdait la vie, Peter prenait conscience de l'art difficile de la séduction pour un homme sans expérience. Une tâche encore compliquée par l'état de paralysie éthylique d'une des parties en présence.

Complètement déshabillé, il avait mêlé ses vêtements à ceux de la fille, parmi les cannettes de bière vides et autres ordures de la crique. Sa partenaire n'avait pas fait un geste depuis dix minutes mais, dans un élan d'enthousiasme, Peter avait recouvert leurs deux corps de sable. En dépit de la fraîcheur du jour, Peter suait et les grains lui collaient à la peau.

Il fut surpris de voir qu'il était techniquement capable d'exécuter la tâche qu'il s'était fixée, mais la procédure le laissait complètement pantois. Le corps de la fille étalé sur le sable ne lui donnait aucune indication : où commencer ? Et surtout comment terminer ?

Vaguement persuadé qu'elle pourrait l'assister, il tenta de la ranimer deux ou trois fois en lui frottant les cuisses, mais elle resta inerte.

Il songea à retirer le casque, mais son sentiment croissant d'incapacité lui fit apprécier l'anonymat de la visière teintée. Si la fille avait pu observer ses gestes maladroits et hésitants, il aurait peut-être perdu toute résolution.

L'ardeur formidable qui l'avait saisi en découvrant le corps nu de la fille s'était évaporée pour laisser place à un certain désespoir, un désir quasi théorique de terminer ce qu'il avait commencé.

Puis, un peu plus tard, il s'aperçut avec horreur que même sa capacité mécanique l'abandonnait.

Accroupi entre les jambes écartées de la fille, il s'interrogea, consterné, sur la marche à suivre.

*

* *

Verdon ne connaissait qu'une manière de se battre : foncer, frapper, lancer des coups de pied et arracher ce qui lui tombait sous la main jusqu'à ce que son adversaire perde connaissance. L'abatteur jouissait d'un seuil de tolérance à la douleur très élevé, même à jeun. Lors de simples échanges de coups, il s'était aperçu que, dans la plupart des cas, il pouvait souffrir plus longtemps que son opposant.

Aujourd'hui, planté sur les gravillons d'un parking de bord de mer, il prit le temps d'examiner son rival. L'homme était fort et sûr de lui, mais ces qualités échappèrent à Verdon ; elles n'auraient d'ailleurs eu aucune incidence s'il les avait remarquées. Il réservait le peu de conscience dont il disposait à son public : Harris et les supporters de son opposant. À leurs yeux comme aux siens, il avait de bonnes raisons de réduire son rival en une bouillie sanglante. Il ne doutait aucunement de sa capacité à y parvenir, pas plus qu'il n'aurait douté de son habileté à estourbir une centaine de bœufs d'affilée sous sa masse.

Quand il sentait les parties du corps de son ennemi craquer – nez, yeux ou membres divers –, il éprouvait une satisfaction profondément sensuelle, certes, mais ce n'était pas ce qui le motivait. Il n'y songeait qu'après l'action.

— Pourquoi ne pas me donner les cinq dollars et t'éviter de gros ennuis ?

Les paroles méprisantes et provocantes produisirent l'effet recherché sur Verdon. Il plongea sur le souteneur, les poings en effervescence, les genoux en l'air, la tête baissée, déterminé à un contact violent sous n'importe quelle forme.

Une seconde plus tard, il était allongé sur les graviers, comme s'il avait reçu un coup de gourdin sur le front.

Son rival arborait un large sourire satisfait et suçait son poing écorché. Il avait visé le nez de Verdon et fait mouche un peu au-dessus. Peu importe, il aurait d'autres occasions.

Verdon se remit péniblement sur pied et repartit à la charge. Le coup l'atteignit en pleine bouche, cette fois-ci. Ses dents traversèrent sa lèvre inférieure, et, tandis qu'il évaluait les dégâts sur son visage charcuté, un poing lui écrasa l'œil. Il sentit une explosion, recula, à moitié aveuglé, et fut matraqué, au corps et au visage. Il tenta de se protéger et de riposter par un coup de pied, mais il ne voyait rien et continuait à être martelé de coups : le visage, l'oreille et la mâchoire. Puis, pour la première fois de sa vie, il fut transpercé d'une douleur assez violente pour pulvériser la couche d'alcool qui l'enveloppait : un poing lui écrasait le rein droit.

Harris observait la scène d'un regard blasé. Verdon tâtonnait sur le gravillon, il se tenait le dos d'une main, et de l'autre, essayait de démêler sa lèvre écartelée d'entre ses dents. Harris avait un sens de la préservation assez développé pour ne pas intervenir; par ailleurs, ce n'était pas la première fois qu'il voyait ce bon vieux Johnny à terre, il l'avait déjà vu se relever et gagner. S'il avait été porté à l'analyse, il aurait cependant reconnu qu'il n'avait jamais vu ce bon vieux Johnny aussi mal en point.

Verdon roula sur les cailloux pour éviter les coups de botte qu'il anticipait. Mais il attendit en vain. Son rival était disposé à le laisser se relever pour mieux pouvoir l'assommer.

— Cinq dollars, mon pote.

Verdon parvint à se redresser, et, de sa position accroupie, assaillit les genoux du souteneur. Ce dernier lui écrasa le nez d'un coup brusque et l'abatteur partit à la renverse en poussant un hurlement étouffé.

L'homme s'approcha de Verdon – masse affalée sur ses jambes écartées – et lui donna un coup de pied sec dans les testicules, plus par sens de la justice divine que pour lui infliger des souffrances supplémentaires.

Verdon se tordait de douleur ; ses mains s'activaient entre les points de supplice de sa chair torturée.

— Cinq dollars, mon pote.

Cette raillerie provoqua un dernier sursaut chez Verdon, qui tenta de plonger sur les jambes de son rival, mais il tomba tête première avant de l'atteindre et s'égratigna la joue sur les graviers.

L'autre s'approcha de lui, mais Harris s'interposa.

— Attends, dit-il d'une voix pâteuse.

Les amis du souteneur se rapprochèrent, flairant une escalade de la violence. Harris leur fit signe de se calmer.

— Attends, ça suffit, dit-il.

Il plongea la main dans sa poche et en tira cinq dollars.

— Tiens. Ça suffit comme ça.

Verdon, qui gigotait par terre, l'entendit.

— Lui donne pas de fric ! Qu'il aille se faire baiser, cet enculé !

Le souteneur se fendit d'un grand sourire et empocha l'argent.

— C'est toi qui as voulu baiser, mon pote, et qui baise paye, dit-il en repartant vers l'hôtel. Elle continue de bosser ici, si ça t'intéresse, lança-t-il par-dessus son épaule. Mais n'oublie pas, c'est cinq dollars !

Ses compagnons éclatèrent de rire et le rejoignirent : ils tournèrent leurs trois dos baraqués aux abatteurs.

Avec une sollicitude d'ivrogne, Harris aida Verdon à se relever et le traîna jusqu'à un robinet pour nettoyer le sang. Si Verdon avait été grièvement blessé, les soins de Harris l'auraient sans doute tué, mais ce n'était pas le cas et Harris réussit à le débarbouiller sommairement. Puis, trempé d'eau et de sang, la bouche entaillée et toujours ensanglantée, un œil poché, le cartilage du nez sérieusement déformé, la peau du visage à vif et dégoulinante, Verdon lança :

— Allons boire un coup, sacré nom de Dieu !

Ils partirent pour le pub, sans craindre de nouveaux ennuis avec les maquereaux, puisque tout avait été réglé. Comme deux chiens qui s'entretuent pour établir leur suprématie, puis, une fois le vainqueur désigné, réalisent qu'ils n'ont plus besoin de se battre. Le chien dominant garderait toujours un air de supériorité envers le vaincu et resterait mal disposé à son égard, allant même jusqu'à lui montrer les dents à l'occasion, mais ils ne se battraient plus et cette certitude provoquait un certain réconfort chez les deux bêtes.

Le procureur :

Les témoignages que vous avez entendus à propos du chat du patron ont pu vous paraître étranges, mais ils étaient nécessaires si nous voulons établir la nature exacte de l'acte fatal.

L'avocat de la défense :

On vous a présenté le patron du bar comme un homme d'affaires dévoué, impliqué dans la tragédie qui nous intéresse par inadvertance, en raison de son affection pour son chat. Je soutiens quant à moi que, comme sa déposition l'atteste, le patron est le responsable principal des faits.

Le juge :

Pour prouver un meurtre, il n'est pas nécessaire d'établir un lien entre la victime et l'auteur du crime. Imaginons par exemple qu'un homme tire au fusil sur une foule et tue quelqu'un : il est coupable de meurtre. S'il n'y a aucun lien entre l'assassin et la victime, il faut prouver que l'acte qui, au final, provoqua la mort était un acte illicite.

Mick avait perdu son chat et le cherchait. Quand Mol était venu faire un tour derrière le comptoir, comme de coutume dans le courant de l'après-midi, le gérant avait interrompu le travail pour le nourrir. Il avait sorti une boîte d'aliments pour chats du réfrigérateur du bar, où il en stockait une importante quantité, et avait amené Mol dans la cour intérieure de la buanderie, où il lui donnait à manger quand il faisait jour. Mick avait vidé le contenu de la boîte – une matière violacée que l'étiquette garantissait sans viande de kangourou – dans la gamelle du chat, un récipient en plastique avec, sur le bord, « minou » inscrit en grosses lettres.

Le patron avait porté un regard satisfait sur l'énorme matou engloutissant le contenu de la boîte, puis il l'avait laissé au soleil et avait regagné le bar en trottant. La cour de la buanderie était abritée derrière un mur de brique de trois mètres de haut, qui protégeait le linge de l'hôtel d'éventuels voleurs. Même le redoutable Mol ne pouvait pas sortir sans passer par la porte de l'hôtel, dont Mick et Jenny étaient les seuls à posséder une clé.

Une demi-heure après l'avoir nourri, Mick retourna dans la cour pour le laisser sortir car il savait, d'expérience, que Mol aimait faire un tour dans le parc.

D'ordinaire, Mick accompagnait Mol pour sa promenade, puis il le ramenait dans la chambre à coucher que le chat partageait avec Jenny et lui-même. Beaucoup de gens ivres quittaient l'hôtel à cette heure et Mick craignait toujours que Mol se fasse aplatir sous les roues d'une voiture mal maîtrisée.

Mais en trouvant la porte de la buanderie grande ouverte, son énorme visage pendouillant se plissa en rides d'inquiétude. Il fit rapidement le tour de la buanderie. Pas de Mol. Il mit la main dans sa poche et y trouva la clé. Il était certain d'avoir verrouillé la porte. Pourquoi Jenny l'aurait-elle ouverte ? Si c'était le cas, elle aurait mis le chat en sécurité. C'était peut-être le cas : Jenny avait amené Mol faire son tour et l'avait ramené au lit. Mick trotta à la recherche de Jenny.

Il la trouva dans la cuisine, où elle surveillait la préparation du dîner. Elle examinait deux gros steaks, qu'elle tenait chacun dans une main.

— As-tu vu Mol, Jenny ? demanda Mick.

— Mais non, chéri, pas depuis une heure ou deux.

Jenny, le visage rond et niais, porta un regard affectueux sur celui de son mari.

— Mais ne t'en fais pas, mon chéri. Ne t'en fais pas pour lui.

— Est-ce que tu l'as laissé sortir de la cour de la buanderie ?

— Non, mon chéri.

— Parce que je l'y ai enfermé après l'avoir nourri, je viens de trouver la porte ouverte et il a disparu.

Les pans grassouillets du visage de Jenny s'enflèrent de détresse et de culpabilité.

— Oh, mon Dieu ! dit-elle.

— Qu'y a-t-il ? demanda-t-il immédiatement.

— Oh, Mick, répondit-elle misérablement. J'ai donné la clé de la cour à Mary, pour qu'elle aille chercher des serviettes. Elle a dû le laisser sortir.

— Merde ! Si cette petite garce a laissé sortir le chat, je la vire tout de suite.

— Oh, Mick, ce n'est pas de sa faute, dit Jenny à juste titre. Elle ne pouvait pas le deviner.

Elle se rendit soudain compte que la conversation avait pris un ton dramatique que les circonstances ne justifiaient guère.

— Et puis, tu t'en fais pour rien, mon gros nigaud. Il est assez grand pour se promener tout seul.

— Tu sais que je n'aime pas le savoir dehors le samedi, avec tous les soûlards qui traînent ici.

Il était rare que Mick exprime une telle réprobation envers son épouse. L'air abattu quelques instants, elle lui adressa bientôt un sourire réconfortant.

— Bon, je vais aller le chercher dans une seconde et j'irai le mettre au lit. Maintenant dis-moi, chéri, qu'est-ce que tu penses de ces steaks ? demanda-t-elle.

Elle tenait les deux morceaux de viande du bout des doigts.

— Ils sont dans le compartiment pour viande depuis une semaine, mais je crois qu'ils sont encore bons.

Mick les renifla consciencieusement.

— Ils sont bons, décréta-t-il. Mais réserve-les pour un steak Diane.

On mangeait raisonnablement bien dans le restaurant de Mick. D'après lui, la clientèle était beaucoup plus sophistiquée que les jeunes soûlards qui faisaient tourner son commerce. Les clients du restaurant étaient aussi plus enclins à se plaindre, et de manière plus efficace que les jeunes.

Jenny porta la viande jusqu'à son petit nez et fit une moue en se demandant si le goût très fort de la sauce Diane allait suffire à couvrir l'odeur.

— T'inquiète, Jenny, la viande est bonne, lança Mick, qui perdait patience, maintenant viens m'aider à trouver Mol.

*

* *

Harris remarqua le garçon avant Verdon. Nu et accroupi comme Peter l'était entre les jambes de la fille allongée, avec la distance, on aurait dit un faune.

— Merde alors, regarde ça ! dit-il.

Les deux abatteurs s'intéressèrent à la petite crique, une cinquantaine de mètres en contrebas, où Peter continuait à réfléchir à son problème.

Verdon, que l'apparence de Peter avait particulièrement agacé, reconnut le premier ses beaux cheveux longs.

— C'est ce petit pédé de merde !

Heureux de la diversion après l'humiliation qu'ils venaient d'essuyer, les deux hommes descendirent spontanément le sentier. Dans les buissons, les chants cristallins des *bellbird* se mêlaient au torrent de musique infernale qui dévalait la colline en provenance du pub.

Peter ne s'aperçut de leur présence que quand Verdon le tira par les cheveux et le jeta brutalement sur le dos. Peter lança un hurlement qui pénétra le cerveau brumeux de la fille ; elle se mit à bouger.

— Qu'est-ce qu'elle a, cette nana ? demanda Harris. Elle a été baisée à mort ?

— Pas avec ce qu'il a pour baiser, répondit Verdon. Pourquoi porte-t-elle un casque ?

— C'est comme si elle avait un sac sur la tête. Elle doit être vraiment moche, dit Harris, qui s'agenouilla à côté d'elle et se mit à détacher le casque. La fille roula sur le côté et agita les bras.

— Laisse-lui le casque, dit Verdon. J'ai pas envie de voir sa sale gueule.

Ils étudièrent la fille ensemble, Harris avec une concupiscence considérable, Verdon avec une émotion différente.

Peter s'empara de son jean et se faufila dans les buissons sans se faire remarquer.

— Elle est bourrée, remarqua Harris.

Verdon se souvint de Peter et se retourna, mais il était parti.

— Ce sale petit pédé a dû la tripoter, dit-il.

Harris explora le corps nu de sa main.

— Ça serait dommage de gaspiller une nana, dit-il en regardant Verdon.

— Vas-y, mon pote, proposa Verdon avec générosité. Je monterai la garde.

— T'es sûr que tu veux pas y aller en premier ? demanda Harris, avec la déférence due au mâle dominant.

Mais Verdon, après la raclée qu'il venait de prendre et la séance antérieure avec la prostituée, ne se sentait pas vraiment d'attaque. Il préféra se dissimuler derrière sa générosité, plutôt que d'avoir à essuyer un impensable échec devant témoin.

— Non. Vas-y, toi, mon pote.

Reconnaissant, Harris baissa son jean en oubliant que les jambes étroites ne passaient pas par-dessus ses chaussures. Il s'assit et les ôta. Adepte, lui aussi, de la persuasion sans-slip, il s'aperçut vite, comme Peter avant lui, qu'un lit de sable convient mal à la fornication ou au viol.

Enfin débarrassé de son pantalon et de ses chaussures mais jugeant inutile de quitter sa chemise, il s'abaissa sur la fille, qui avait à moitié repris connaissance et vomissait tranquillement sous le casque.

— Allez, poulette, dit-il en agrippant ses fesses pour essayer de lui soulever le pelvis.

Peter, resté dans les parages pour tenter de récupérer sa chemise, observait la scène derrière des buissons à trois ou quatre mètres de là. Le chagrin et la jalousie ne l'empêchaient pas de percevoir l'enseignement qu'il pouvait tirer de son observation.

— Allez, poulette, répéta Harris, qui avait du mal à maintenir le pelvis de la fille à l'angle adéquat.

— T'as besoin d'un oreiller, constata Verdon d'un ton bienveillant.

Il rassembla les vêtements éparpillés, les roula en boule et aida Harris à les glisser sous les fesses de la fille.

Peter grimaça en voyant le mauvais traitement infligé à sa belle chemise. Harris se trouvait en principe prêt à l'action, mais il rencontra une nouvelle difficulté.

— Bon Dieu, qu'est-ce qu'elle est étroite, Johnny ! grogna-t-il.

— Accroche-toi, mon pote, tu veux que je te pousse ? lui demanda Verdon en riant.

— Va te faire foutre ! lui répondit gentiment Harris.

Il s'acharna un moment à la tâche, sans grand succès.

— Ça rentre pas, murmura-t-il, perplexe.

Il se retira pour se reposer.

— Je vais te la soulever un peu, dit Verdon.

Il dégagea les vêtements de sous la gamine et les plia en deux pour en faire une boule plus épaisse.

— Essaie maintenant, dit-il, après avoir soulevé la fille d'une main sous les fesses et avoir repositionné le coussin d'habits.

Harris s'allongea de nouveau sur elle et, après de considérables efforts, arriva à ses fins.

— Bon Dieu, quelle baiseuse pourrie, dit-il en se retirant.

Ni lui ni Verdon n'avaient d'expérience préalable de défloration de vierges.

— Essaie, Johnny, proposa Harris en s'époussetant le sable du derrière. Tu peux peut-être mieux faire.

L'implication contenait un élément de flatterie.

— Au cul tout ça ! J'aime autant aller m'en jeter un. Allez, viens.

Verdon avait apprécié le spectacle, mais n'était pas certain de pouvoir imiter Harris.

— C'est dommage de la gaspiller, vitupéra Harris avant d'ajouter en se rangeant au point de vue raisonnable de Verdon : Remarque, elle vaut rien. Que dalle !

Il récupéra son jean en le tirant du paquet de vêtements et fit ainsi rouler la fille sur le ventre.

— Allez, dit Verdon.

— Une minute, répondit Harris en riant et clopinant à la suite de son ami. Attends que j'aie remis mon futal !

Peter les regarda partir ; Harris remontait son pantalon en marchant, les chaussures à la main.

— Et la fille ? demanda ce dernier alors qu'ils quittaient la crique.

— Qu'elle se fasse mettre ! répondit Verdon.

— C'est ce que je viens de faire, dit Harris.

Cette réflexion les fit rire jusqu'à l'hôtel.

Peter regagna discrètement la crique quelques minutes plus tard. Il envisageait vaguement de s'intéresser de nouveau à la fille, mais tenait surtout à récupérer sa chemise. L'adolescente se tordait dans le sable et s'accrochait au casque comme pour l'enlever.

Peter démêla sa chemise de la pile d'affaires et en secoua le sable. Elle n'avait pas souffert et il l'enfila.

— Ça va ? demanda-t-il à la gamine.

Elle poussa un grognement.

Peter s'agenouilla et parvint à défaire la lanière du casque. Les mains de la fille tentèrent de l'en empêcher, mais il persévéra. Après tout, il devait le récupérer. Quand il vit le visage taché de vomi, il renonça à ses aspirations sexuelles et se leva en secouant son casque pour le vider.

— Tu ferais mieux de t'habiller.

Les yeux troubles, elle le regarda et se mit à pleurer.

Peter ne désirait plus qu'une chose à présent : s'éloigner, retrouver la sécurité et le brouhaha du pub, l'atmosphère d'espoir plutôt que la situation présente. Le corps nu et souillé de la fille ne l'attirait plus. Il était aussi confusément agacé par le fait qu'elle ait été légèrement plus performante avec l'autre type qu'avec lui. Mais il fut attendri par les sanglots de plus en plus forts.

— Je vais t'aider, lui dit-il.

Il secoua son corsage fripé et l'aida à enfiler les manches. En le boutonnant, ses mains touchèrent de nouveau les seins et il fut saisi d'un élan de désir qui s'étiola quand elle se mit à vomir copieusement.

— Attention, lui dit-il en s'éloignant pour protéger sa chemise.

Il voulut lui enfiler son jean, mais elle se mit à hurler dès qu'elle sentit ses mains sur ses jambes.

— Arrête un peu, dit Peter. J'essaie seulement de t'aider.

Mais la fille continuait à pousser des cris, des hurlements d'animal, forts et désespérés.

Peter abandonna ses velléités de gentillesse, prit son casque et détala vers sa moto.

Il serait rentré chez lui, mais rien ne l'y attendait. Par ailleurs, pour la première fois de sa brève existence, il avait véritablement envie d'alcool ; il ne boirait pas seulement pour faire comme tout le monde.

En se garant dans le parking de l'hôtel, il vit Mick se faufiler entre les voitures.

— Minou, minou ! Allez, viens… appelait-il d'une voix de fausset. Minou, minou, allez, où es-tu, Mol ? Tu m'entends, mon minou ?

Peter entra dans le *lounge* et commanda un demi. Toutes les tables étaient occupées, il s'accouda au comptoir.

Verdon et Harris, à l'autre bout du bar, ne l'avaient pas vu. Peter n'avait guère pensé à eux.

Ils l'avaient chassé de la nana, un point c'est tout. En fait, il éprouvait pour Verdon à peu près ce que Verdon avait éprouvé pour l'homme qui l'avait tabassé. Mais l'attitude de Verdon envers Peter était tout autre. L'abatteur éprouvait un malaise que même la bière qu'il engloutissait maintenant ne parvenait pas à apaiser. Il ne souffrait pas à cause de ses blessures – la douleur physique ne l'avait jamais beaucoup affecté –, non, il souffrait de s'apercevoir qu'il avait subi trois défaites humiliantes dans le même après-midi. Il avait dû payer pour une femme (son camarade avait payé pour lui, mais ça ne changeait rien), il s'était fait sérieusement amocher dans une bagarre et il avait regardé une fille nue en sachant qu'il ne pouvait rien lui faire. Il en résultait un déséquilibre certain ; la seule manière de redresser la balance était de démolir quelqu'un. Pas son pote Harris, c'était hors de question ; le souteneur lui remettrait une correction et, même maintenant, il se savait incapable d'aller avec une autre femme.

Par conséquent, la vision de Peter à l'autre bout du bar cristallisa sa frustration.

— Revoilà ce putain de pédé ! dit-il à Harris.

Il serait absurde de doter Verdon de la capacité de penser, mais son cerveau barbotant dans l'alcool avait établi un lien entre ses mésaventures du jour et Peter. Ce pédé avait levé la fille qui l'avait rejeté ; si elle avait accepté, il ne serait pas allé avec la grognasse ; s'il n'était pas allé avec la grognasse, il n'y aurait pas eu de bagarre ; et pour couronner le tout, nom de Dieu, il avait trouvé le pédé avec la fille nue, dans la crique.

— Je vais tuer ce petit enculé, dit-il.

— Bois un coup, suggéra pacifiquement Harris.

Harris se sentait bien. Il était plein de bière, il avait baisé et il s'était comporté en bon pote avec Verdon, puisqu'il avait payé pour l'extirper d'une sale situation. Il ne voulait pas entendre parler de récupérer ses cinq dollars. Il éprouvait même plus d'affection que d'ordinaire pour Verdon car, exceptionnellement, il ne se sentait pas trop inférieur à lui.

— Je vais le tuer, dit Verdon.

— Si tu sèmes la merde dans le bar, ils vont te mettre dehors. Tu ferais mieux d'attendre.

C'était raisonnable, Verdon le reconnut et s'occupa de sa bière. Maintenant qu'il avait identifié ce qui le dérangeait, il se sentait mieux. Il était vaguement conscient de la condescendance de Harris, ou d'un certain changement dans leur relation, mais tout était relié au petit pédé et tout s'arrangerait dès qu'il aurait bousillé ce salaud.

— Ne le perds pas de vue, dit-il à Harris. Je lui règle son compte dès qu'il quitte le bar.

— D'accord, mon pote. Allez, Mick, deux bières !

Mick les servit avec son habituelle efficacité foudroyante, mais d'un air absent. Il n'avait toujours pas retrouvé Mol. Il avait parlé à Mary, la serveuse, et elle avait reconnu que le chat s'était échappé de la cour de la buanderie quand elle avait ouvert la porte.

— Mais j'y suis pour rien, Mick, avait-elle dit, horrifiée par la masse tremblante de rage qui l'affrontait. Il m'a filé entre les jambes quand j'ai ouvert la porte.

— Pourquoi ne me l'as-tu pas dit, dans ce cas, sale petite connasse ! avait répliqué Mick, près de la frapper. Bon, laisse tomber ce que tu faisais et trouve-le !

— D'accord, Mick. Je vais le trouver.

— T'as intérêt, et que ça saute, parce que le temps que tu passes à le chercher sera retenu sur ton salaire.

La fille n'y voyait pas d'inconvénient : elle éprouvait une terrible culpabilité et avait tendance à respecter la profonde affection de Mick pour son chat.

Elle venait de passer une heure à parcourir l'hôtel et son parc de fond en comble, sans le moindre signe de Mol.

— Encore aucun signe de Mol, s'inquiéta Mick quand Jenny s'affaira à proximité.

— Je sais, chéri, je sais, répondit-elle en se mordillant la lèvre. Je me fais un sang d'encre. Mais s'il lui était arrivé quelque chose, on l'aurait su, tu ne crois pas ?

— Je n'en sais rien. J'imagine que oui.

Mick songeait à l'anonymat de ces boules de poils et de sang que l'on voyait sur la route tous les matins, preuve muette de l'incapacité des chats à s'habituer à la circulation nocturne.

Mais il s'abstint de partager ses pensées avec Jenny, qui était de plus en plus perturbée.

Un tapage s'éleva du hall d'entrée de l'hôtel. Un groupe de jeunes s'y était réuni, les rires et les cris fusaient. D'autres jeunes se précipitaient pour les rejoindre.

Mick saisit son gourdin en ébène et contourna le bar en trottant. Il ne pensait pas qu'il s'agisse d'une bagarre; les cris n'étaient pas assez exaltés, mais tout rassemblement incongru risquait d'endommager les meubles et Mick, bon cerbère protégerait la propriété de l'hôtel, de sa personne s'il le fallait.

Il se fraya violemment un chemin à travers la foule et se retrouva face à face avec une jeune fille nue, à l'exception d'un fin corsage à moitié boutonné. Tentant confusément de se couvrir avec le jean qu'elle serrait à la main, elle sanglotait face à une foule hilare.

Pour une fois, Mick se sentit désemparé. Il chercha Jenny des yeux, mais elle était derrière le bar et il ne parvint pas à la voir.

— Bon allez, c'est fini, la paix, maintenant ! dit-il en repoussant d'un geste mécanique les jeunes les plus proches. Allez ! Retournez au bar !

Puis il prit la fille en pleurs par les épaules et la projeta vers les toilettes pour dames.

— Va vite remettre ton pantalon ! Dépêche-toi. Entre et va t'habiller. Tu peux quand même pas te balader dans l'hôtel comme ça.

La fille bougeait quand il la poussait mais, dès qu'il arrêtait, elle restait plantée, son jean dans son poing serré ; ses larmes traçaient des petites rides de propreté sur ses joues souillées.

— Allez, gamine, lui dit-il. Va enfiler ton pantalon dans les toilettes.

Mick s'aperçut alors qu'une autre jeune fille le poussait des deux mains, contre son ventre.

— Mais arrête ! lui dit-il. Dépêche-toi de repartir au bar.

— Laisse-la tranquille, espèce de salaud, tu vois pas qu'elle est passée à la casserole ? Appelle les flics, espèce de salaud !

Mick baissa les yeux sur la fille qui l'insultait. Elle avait deux compagnes. Toutes lui lançaient des regards furieux et deux d'entre elles lui attaquaient la main qu'il avait posée sur la fille en pleurs.

— Fiche-lui la paix, salaud ! Appelle les flics et un médecin.

Mick prit sa décision.

— Vous la connaissez ?

— Bien sûr qu'on la connaît. Elle est avec nous. Qu'est-ce que tu attends pour appeler un médecin ?

Mick ouvrit grand les bras et poussa les quatre filles d'un geste vers la sortie.

— Non. Ramenez-la chez elle et occupez-vous d'elle. Compris ? L'hôtel n'a rien à voir dans cette affaire. Tout s'est passé dehors. Alors débrouillez-vous pour la rhabiller et la ramener chez elle. Dépêchez-vous, et me causez pas d'ennuis.

S'appuyant sur la persuasion de sa corpulence, Mick les força à franchir les portes sous les acclamations et les rires des jeunes, toujours agglutinés dans le hall.

L'une des filles lança un coup de pied à Mick, mais avec l'effet d'une souris qui s'attaque à un cheval de trait.

— Espèce de vieux pourri, tu vois pas qu'elle a été violée ! hurla la fille.

— Oui, eh bien, on ne veut pas d'ennui, alors raccompagnez-la chez elle et occupez-vous d'elle, répéta Mick en poussant la fille à l'extérieur et en commençant à verrouiller les portes.

Celle qui avait frappé Mick était tenace. Par ailleurs, elle aperçut Peter, qui s'était joint aux curieux.

— Je te dis qu'elle a été violée, cria-t-elle tandis que Mick décrochait ses doigts de la porte. Elle a été violée par ce salaud !

Elle lâcha la porte pour montrer du doigt Peter, qui n'était pas loin de Mick. Ce dernier en profita pour pousser le bras de la fille et fermer les portes. Il les verrouilla. C'était sa manière habituelle de régler les problèmes. Il savait que les filles allaient s'attarder dehors quelques minutes, qu'elles envisageraient de revenir par une autre porte, mais il y avait de bonnes chances pour qu'elles disparaissent.

Il n'avait fait aucun cas de la dernière accusation de la fille, mais Peter se condamna.

— C'était pas moi, Mick, bredouilla-t-il en lui agrippant le bras. C'était pas moi. C'étaient deux autres types, je te jure. Je te montrerai qui c'est, ils sont dans le bar en ce moment.

Mick, guère intéressé, se contenta de guider Peter vers le bar avec le reste de la foule. Mais Verdon et Harris, qui s'étaient joints aux badauds dans le hall, tendirent l'oreille.

— Je te les montrerai, Mick, et la fille confirmera que c'était eux, balbutia Peter.

— L'hôtel n'a rien à voir là-dedans, marmonna Mick comme un credo, l'hôtel n'a rien à voir là-dedans. Maintenant retourne au bar et calme-toi. Dépêche-toi !

Les filles cognaient à la porte, Mick hésita. Devait-il les chasser ? Non, elles finiraient bien par se fatiguer.

La foule du hall s'était dispersée, Mick poussa le garçon qui l'agrippait par le bras et se rendit dans le *lounge* pour demander au groupe de jouer.

Peter se retrouva pratiquement face à face avec Verdon et Harris.

L'avocat de la défense :

Votre verdict va maintenant dépendre des événements qui, d'après vous, ont suivi cet incident et de leur explication.

Si nous en croyons la déposition de Verdon et de ses amis, comme je vous y invite, ils se sont emparés du jeune Watts car ils le croyaient coupable de viol. Le patron ne se montrant guère porté à l'action, ils ont pris la responsabilité d'appréhender le jeune homme et d'avertir la police. Il est raisonnable d'imaginer qu'une logique honnête les motivait : ils affirment avoir vu le jeune sur la plage avec la fille nue et sans connaissance. Ils avaient entendu les amies de la fille accuser le jeune et ils l'avaient vu admettre le fait quand il avait été mis au défi.

Si Verdon avait raison, sa conduite était justifiée et, en réalité, Watts essayait de fuir alors qu'il était retenu de façon licite.

Le procureur :

Vous êtes en droit de vous demander, mesdames et messieurs, pourquoi un seul homme se trouve sur le banc des accusés alors que ma plaidoirie implique nécessairement au moins trois autres complices. Il s'agit d'un détail de procédure qui ne devrait pas influencer votre verdict. Pareillement, ne vous préoccupez pas de ce qui découlera de votre verdict. Quel qu'il soit, il est possible que d'autres accusations en découlent. Ne vous en souciez pas.

Vous devez vous borner à décider si, d'après les témoignages, vous acceptez la version de la défense quant aux actions de Verdon ou si vous trouvez, comme je vous y encourage, ma version plus plausible, à savoir que Verdon a attaqué Watts dans une frénésie homicide.

Si Verdon a attaqué Watts dans une frénésie homicide, il est coupable de meurtre, même s'il n'a pas tué Watts.

Le juge :

Si l'on considère que l'accusé a fait preuve d'une indifférence inconsidérée pour la valeur de la vie humaine, ou qu'il avait l'intention de tuer quelqu'un, peu importe qu'il ait eu une victime particulière en vue. Peu importe aussi qu'il n'ait pas tué la bonne personne en raison de l'échec de son plan d'origine. Pareillement, si quelqu'un trouve la mort à cause d'un acte illicite, l'auteur de ce délit est coupable de meurtre.

Verdon et Harris poussèrent Peter de l'autre côté du hall, comme un seul homme, puis ils le soulevèrent et le traînèrent dans l'escalier. Quelques jeunes les virent partir, présumèrent qu'il allait se faire tabasser, et s'empressèrent de retourner à leurs verres. Si le tabassage avait été public, ils y auraient assisté, mais en l'occurrence, ils ne se sentaient pas concernés. Verdon et Harris ne savaient pas où ils allaient, ils voulaient juste s'éloigner de Mick et de sa matraque. Ils trouvèrent une chambre ouverte au premier étage et poussèrent Peter à l'intérieur.

Il n'avait pas encore songé à crier, mais, dès qu'il vit Verdon fermer et verrouiller la porte, il poussa un hurlement terrible. Verdon l'interrompit d'un coup sur la bouche. C'était inutile, car le groupe s'était mis à jouer et on aurait pu tirer au canon dans l'hôtel, à cinq ou six mètres, sans se faire remarquer.

Peter s'assit par terre et leva des yeux effarés sur les deux hommes.

— Merde alors, regarde-moi ça, dit Verdon. Regarde, Bob !

Harris regarda.

— Dur à croire, hein, Johnny ? demanda-t-il.

— Et c'est ça qui voulait nous dénoncer aux flics. Pas vrai, mon pote ?

Peter, conscient du pétrin dans lequel il s'était fourré, préféra ne rien dire.

— T'as vu sa chemise ? demanda Verdon.

— Elle est chouette, dit Harris.

— Moi, je dis qu'on devrait les lui couper, annonça Verdon.

— Je crois pas qu'y ait grand-chose à couper, ricana Harris, qui se trouva très spirituel.

— Peut-être bien que non, peut-être qu'il a des nichons.

Verdon se pencha et tenta d'arracher la chemise de Peter. Le tissu était solide et Peter fut précipité d'avant en arrière plusieurs fois avant que l'étoffe se déchire dans la main de Verdon.

D'instinct, Peter croisa les bras devant son torse osseux et frêle ; Verdon et Harris étaient tordus de rire.

— Nom de Dieu, mon pote, t'avais raison, gloussa Harris.

— Voyons s'il a des couilles, dit Verdon en s'emparant du ceinturon.

Il était très épais et Peter se retrouva projeté en l'air.

— T'as ton couteau ? demanda Verdon.

Harris fouilla dans ses poches, en sortit un lourd couteau de poche, l'ouvrit et le tendit à Verdon.

Verdon lâcha Peter, passa brutalement la lame sous la ceinture et commença à la taillader.

— Tu ferais mieux de te tenir tranquille, pédé, sinon tu vas perdre le peu que t'as, lui conseilla Verdon.

Allongé par terre, Peter frissonnait tandis que Verdon taillait et découpait son jean, parvenant à lui arracher tout le haut sans lui infliger plus de dégât qu'une égratignure sur la fesse.

L'entrejambe à l'air, le jean en lambeaux autour des cuisses, Peter gisait sur le dos et regardait ses bourreaux.

— S'il vous plaît, marmonna-t-il.

Ils éclatèrent de rire.

— S'il vous plaît, répéta Harris. S'il vous plaît, qu'il nous dit.

— Et si moi je disais qu'on le coupe ? lança Verdon en s'agenouillant brusquement.

Il poussa la lame du couteau sous le scrotum de Peter.

Peter hurla en sentant le métal sur sa chair, mais il n'osa pas bouger.

Verdon se mit à scier avec la lame, pas assez pour entailler profondément, mais assez pour le faire saigner.

— S'il vous plaît, oh, bon Dieu, s'il vous plaît ! hurla Peter.

— S'il vous plaît, il m'a dit, s'il vous plaît. Tu vois, Bob, il me demande de le faire.

Harris vacilla sur ses talons en riant. Johnny était complètement givré. Il allait sans doute les couper au petit merdeux. Mais Verdon avait une autre idée. Il n'aurait pas été capable de l'exprimer, mais il eut envie que la démolition de Peter soit publique. Il aurait souhaité la présence de l'homme qui l'avait tabassé, ou même de la gonzesse que Harris avait baisée sur la plage, mais, puisque ce n'était pas possible, il se contenterait d'autres spectateurs.

Il prit un peu de recul et dit à Harris :

— File au bar chercher quelques types. On va s'amuser un peu.

— Quelques types ? répéta Harris, qui avait une psyché nettement moins complexe que celle de Verdon.

— Ouais, j'ai une idée. Pour rigoler un coup. On va mettre ce salaud à l'épreuve.

— Le mettre à l'épreuve ?

Harris était coopératif, mais perplexe.

— Ouais. On va s'occuper de son cas, mais faut faire ça comme il faut. Va chercher quelques types.

— D'accord, Johnny.

Verdon était complètement givré, mais s'il voulait quelques types, il les lui ramènerait. Le connaissant, ça vaudrait sans doute le coup.

— Bob, dit Verdon après réflexion et en sortant dix dollars de sa poche. Ramène aussi une ou deux bouteilles de whisky.

— T'inquiète, dit Harris. J'ai du fric.

— Non, prends-les, d'ailleurs je t'en dois déjà cinq.

Pour la première fois, il s'était senti capable d'aborder la dette.

Harris haussa les épaules, empocha l'argent et descendit chercher quelques types au bar.

*

*   *

Mary avait trouvé Mol.

Après une heure et demie à ratisser l'hôtel, à faire toutes les chambres, les cuisines, la salle de restaurant, le tour du parc, les toilettes pour dames, celles pour hommes par l'intermédiaire d'un collègue… elle l'avait enfin trouvé, dans le parking.

Le gros matou épiait un couple de mouettes qui fouillaient les restes de sandwichs et de friands éparpillés sur le sol. Tapi derrière une poubelle, il agitait lentement sa queue touffue et fixait son regard de chasseur sur les mouettes.

Le dos baissé, il s'avança prudemment de quelques centimètres, puis s'arrêta de nouveau, immobile, puissant, prêt à tuer.

Mary le prit dans ses bras.

Il lui griffa le poignet en miaulant et s'échappa. Les lignes de sang sur sa peau tailladée lui firent oublier le soulagement qu'elle avait ressenti en trouvant le chat et elle le botta de sa chaussure pointue.

Le pied s'enfonça dans les côtes bien enveloppées du matou ; il poussa un miaulement perçant, traversa le parking et se jeta sous les roues d'une voiture qui reculait.

On entendit le rugissement de Mol, le klaxon de la voiture, le cri de Mary.

Mol parvint à s'éloigner de la voiture et tenta de s'enfuir, mais il roula en s'effondrant sur sa patte arrière, cassée. Crachant et grognant, il se traîna jusqu'au seul arbre du parking et l'escalada à la force de ses pattes avant jusqu'à ce qu'il soit à six mètres du sol. Il s'y installa, partagé entre ses grognements et son inquiétude pour sa patte pendante, flasque et inutile.

Terrifiée et prise de remords, Mary partit à la recherche de Mick.

*

* *

Harris ramena deux types, deux jeunes rustres avinés qu'il avait attirés dans la chambre en leur promettant une bonne rigolade et quelques verres de whisky. Ils travaillaient aussi à l'abattoir, mais bouchers sur la chaîne, ils appartenaient à un ordre social bien inférieur à celui de Harris ou Verdon. Ils se connaissaient vaguement, s'étaient battus ensemble à l'occasion, unissant leurs forces contre un groupe de motards ou des adeptes du ski nautique.

Ils sentaient donc maintenant – dans la mesure où ils étaient capables de sentir quoi que ce soit – qu'ils devaient se rallier à l'appel de leurs camarades, sans même parler du whisky.

Ils étudièrent avec sérieux la vision de Peter, presque nu, en pleurs, mais ils avaient largement dépassé le stade où ils pouvaient être surpris.

— Entrez, les convia amicalement Verdon. Buvez un coup.

Comme ils ne trouvaient que deux verres dans la chambre, Harris les servit aux nouveaux venus ; Verdon et lui burent directement à la bouteille.

— Asseyez-vous, les mecs, dit Verdon en leur montrant les lits jumeaux.

Les trois hommes s'installèrent avec grand sérieux tandis que Verdon, la bouteille dans une main et le couteau ouvert dans l'autre, se plaçait près de la tête de Peter.

— Je vous ai fait venir, dit-il d'une voix pâteuse, mais encore compréhensible, pour vous montrer un jeu de justice.

Son auditoire acquiesça poliment.

— Ce petit couillon que vous voyez ici, poursuivit-il en poussant Peter de la pointe de sa botte, me fait vraiment chier.

Tous les regards s'abaissèrent sur Peter le fautif.

— Et je vais lui régler son compte, continua Verdon, mais je veux être sûr d'avoir raison. Alors je veux que vous me disiez si j'ai raison ou tort. Vous m'suivez ?

Ils acquiescèrent tous une nouvelle fois. Jusque-là, tout était parfaitement raisonnable.

Verdon vacilla et but une autre goulée ; il tentait de rassembler ses idées. Il avait du mal à se rappeler pourquoi il haïssait tant Peter. Il se serait contenté d'être conscient de sa haine, mais il s'était placé dans la position où il devait trouver les mots pour l'exprimer et il avait un trou.

— Vous voyez c'que je veux dire, les mecs. J'veux pas le bousiller à mort si vous pensez que je devrais pas…

Les mecs acquiescèrent d'un signe de tête.

— J'vais donc vous dire pourquoi… oui, c'est ce que je vais faire… Je vais vous dire pourquoi.

— Bien joué, Johnny, l'encouragea loyalement Harris.

— Et voilà pourquoi… c'est pour ça…

Verdon s'interrompit encore, et hocha la tête.

Un long silence s'installa.

— Regardez un peu les cheveux de ce pédé, s'exclama soudain Verdon. Regardez ça ! Je vous demande un peu… c'est un putain de pédé…

Les trois autres jetèrent un regard écœuré sur le pervers.

Verdon retrouva le fil de sa pensée.

— Et je vais vous dire… Bob et moi, on a surpris cet enfoiré de pédé, sur la plage, à tripoter une gonzesse. Oui, à tripoter une gonzesse. Y pouvait même pas la tirer. Il la tripotait.

La répugnance s'inscrivit sur le visage des trois spectateurs.

— Sers-nous un autre verre, Bob, demanda l'un d'eux.

Verdon chancela de nouveau, l'air perplexe. Ce n'était pas tout, il y avait forcément autre chose.

L'auditoire n'était pas du genre à se formaliser aisément, mais le silence commença à peser.

— Et il voulait nous balancer aux flics, Johnny, lui souffla Harris.

— C'est ça ! s'écria triomphalement Verdon. Il voulait nous balancer aux flics. Cette petite merde voulait nous dénoncer aux flics. Alors je vous demande un peu, nom de Dieu…

— Salopard, dit l'un des nouveaux venus.

— Saloperie de pourriture de pédé de merde, ajouta le second.

— Qu'est-ce que vous feriez, vous ? Hein ? Je vous le demande, qu'est-ce que vous feriez à ma place ?

Cette question les intrigua. Ils étaient disposés à approuver tout ce que Verdon leur soumettait, mais il ne fallait pas s'attendre à ce qu'ils offrent des suggestions.

— Eh bien, moi, je vais lui couper les couilles, expliqua patiemment Verdon.

Il se présentait en homme raisonnable, qui n'avait pas d'autre choix.

Tandis que les autres adhéraient à une telle justice, une lueur perça les yeux embués d'alcool de Verdon.

— Ou plutôt… Sacré nom de Dieu, dit-il avec ferveur. Bob, mon pote… Bob… va me chercher un marteau.

*

* *

— Minou, minou, appelait distraitement Mick. Viens, mon minou…

Mol, tapi sur la branche, cracha en direction de son maître.

Mick regardait avec angoisse le membre brisé et flasque. Il éprouvait de la douleur en voyant la créature aimée souffrir.

— Va chercher la grande échelle, aboya-t-il à l'un des deux serveurs qu'il avait détachés pour l'aider aux opérations de secours, en dépit des conséquences néfastes sur les affaires.

— Allez, Mol, descends ! supplia Mick. Papa ne te fera pas de mal. Allons, viens donc, Mol. On t'amènera chez le docteur et tout ira bien, mon vieux. Descends, mon minou.

Le chat cracha.

Le serveur revint et posa l'échelle à coulisse contre l'arbre. Le sommet arrivait un peu au-dessous de l'animal blessé.

— Je vais le chercher, Mick, dit le serveur.

— Non, il se laissera jamais toucher.

Mick pesait près de cent vingt kilos, l'échelle n'était guère solide et les conséquences d'une chute de trois ou quatre mètres seraient lourdes, mais il ne leur accorda pas une pensée : son chat était en danger.

Avec les deux serveurs qui tenaient l'échelle flageolante, il grimpa rapidement et tendit la main vers Mol, qui lui montra les dents.

— Allez, Mol, allez. Viens vers Papa. Je vais te soigner, mon vieux.

Le chat cracha et enfonça ses griffes dans la main de son maître.

— Le pauvre vieux est complètement paniqué, dit Mick. Faites-moi passer un sac ou un truc dans ce genre.

— Tu ferais mieux de descendre, Mick, pendant que je vais le chercher. Il faut qu'on soit deux pour tenir l'échelle quand tu es dessus.

— Non. Va chercher un sac. Je vais rester ici, j'essaierai de le calmer.

Perché tout en haut de l'échelle instable et grinçante, Mick tendit de nouveau des mains pleines d'amour vers son chat et lui murmura des mots tendres.

*

* *

Harris fit le tour du bar, indécis. Si Johnny voulait un marteau, Harris le lui ramènerait, à condition d'en trouver un, mais il ne savait pas par où commencer.

Il se planta au comptoir et demanda au jeune serveur.

— Dis, mon pote, tu pourrais pas nous prêter un marteau ?

— Un marteau ?

— Ouais, un marteau, tu sais ce que c'est, un marteau ?

— Désolé, mon pote, répondit sèchement le serveur. Pas de marteau.

Harris se rendit au parking et prospecta le coffre de plusieurs voitures. Certains étaient ouverts, mais impossible d'y trouver un marteau. Un groupe s'était rassemblé de l'autre côté du parking et Harris distingua soudain l'énorme corpulence de Mick suspendue dans un arbre.

Il s'approcha du groupe.

— Viens, minou, minou ! disait Mick. Allez, Mol, viens vers Papa.

Harris leva les yeux sur Mick et ne fut aucunement surpris.

— Dis donc, Mick, lui dit-il. Tu pourrais pas nous prêter un marteau ?

Mick, concentré sur le sauvetage de Mol, ne l'entendit pas et ne lui aurait pas répondu s'il l'avait entendu.

Harris abandonna. Il regagna l'hôtel, monta l'escalier et entra dans la chambre où Verdon attendait le marteau. Peter était toujours à côté de lui, allongé par terre. Les deux autres étaient assis sur les lits, un verre de whisky à la main.

— J'ai cherché partout, pas trouvé de marteau, Johnny, dit Harris.

Verdon, qui avait continué à boire de longues goulées de whisky à la bouteille, aurait tout oublié du marteau si Harris ne lui avait pas rappelé l'outil et du même coup l'étrange utilisation qu'il comptait en faire.

Il parcourut la chambre des yeux : les lits étaient métalliques, si l'on en démontait un, on pouvait peut-être en extirper une barre de fer convenable.

— Aidez-moi à démonter le lit, dit-il en jetant le matelas par terre.

Les trois autres s'exécutèrent et tentèrent de l'aider, mais leurs membres mal coordonnés avaient des difficultés à suivre les principes de désassemblage.

— Mais qu'est-ce que tu veux en faire ? finit par demander Harris.

— Je veux de quoi écraser la tête de ce petit salopard, répondit Verdon.

— Pourquoi tu te sers pas de tes bottes ? demanda Harris, qui ne manquait pas de sens pratique.

Verdon réfléchit.

— Non, dit-il enfin. Je veux faire ça proprement.

Il estimait confusément que l'utilisation d'un marteau, ou d'un substitut adéquat, permettrait de démolir Peter sous forme d'exécution plutôt que de raclée.

Un des deux bouchers avait dûment réfléchi à son problème.

— Écoute, dit-il, j'ai un cric dans la voiture. Ça t'irait ?

Verdon considéra la proposition.

— Ouais. Un cric fera l'affaire. Va le chercher.

Le type sortit d'un pas lourd.

— T'aurais dû me le dire avant, rouspéta Harris. Moi aussi, j'aurais pu te ramener un cric.

Verdon l'ignora.

Peter, paniqué par l'horreur pure et simple de ce qui l'attendait, plongea derrière le type et tenta d'atteindre la porte, mais tandis qu'il passait à quatre pattes, Verdon lui donna un solide coup de pied dans les côtes. Propulsé contre le mur, les yeux exorbités, Peter tentait de remplir ses poumons par petites quintes poussives. Le boucher revint quelques minutes plus tard avec le cric de sa voiture, qu'il offrit à Verdon. Celui-ci le balança par-dessus son épaule avec son style habituel et grogna de mécontentement. Le cric n'allait pas du tout, il était déséquilibré, et pourtant il faudrait s'en contenter.

— Bon, dit-il. Moi, je monte sur le lit et vous, vous faites passer le pédé devant moi.

Grimpé sur le lit, il maintenait un équilibre précaire sur le matelas flexible.

Les trois hommes le regardaient, les yeux ronds. Harris fut le premier à comprendre.

— J'y suis, Johnny, dit-il en s'approchant de Peter. Toi, lève-toi et passe à côté du lit !

Peter se recroquevilla contre le mur et se mit à glapir.

Harris le souleva et essaya de le projeter à proximité de Verdon, qui chancelait sur le matelas, brandissant le cric dans une main.

Peter se dégagea et fonça vers la porte. L'un des deux bouchers l'intercepta et le rejeta dans la chambre.

— Je vais te le conduire, Johnny, dit Harris.

Peter tenta de déguerpir à quatre pattes, Harris le prit par les cheveux et essaya de le faire passer à côté du lit. Le garçon en pleurs s'agitait en tous sens. Quand il fut à la portée de Verdon, celui-ci prit son élan, mais Peter recula, le cric emporta l'abatteur qui fut à deux doigts d'atteindre Harris en pleine tête.

— Bon Dieu ! dit Harris. Vas-y doucement, Johnny.

Désorientés par la tournure des choses, les deux bouchers se contentèrent de s'adosser à la porte pour empêcher Peter de s'échapper.

Verdon remonta sur le lit, puis s'aperçut qu'il avait oublié le cric par terre, là où il était tombé.

— Passe-moi le cric, dit-il à Harris.

Ce dernier libéra Peter pour prendre l'outil. Peter en profita pour se précipiter sur la fenêtre et essayer de l'ouvrir. Harris le poursuivit, mais Peter était maintenant, de loin, l'homme le moins soûl du groupe et il l'évita. Au centre de la chambre, flanqué de Harris, Verdon et des deux bouchers, il était le portrait craché d'un bœuf hystérique qu'on mène à l'abattoir, ou, plus précisément, d'un veau hystérique.

Il se mit à hurler, un long hurlement qui ne prit fin que lorsque Harris, titubant, le frappa à la nuque. Peter tomba.

Harris ramassa le cric et le tendit à Verdon.

— Fais-le passer devant moi, dit celui-ci.

Harris releva Peter et le secoua. Le garçon était conscient, mais totalement effondré, en état de choc et de frayeur.

— J'ai besoin du pistolet électrique, dit Harris, en référence aux décharges qu'ils utilisaient pour faire entrer les bêtes récalcitrantes dans les cages.

Sur la table de nuit, une lampe de chevet était reliée à la prise par environ deux mètres de fil électrique. Verdon l'examina en concoctant un moyen de l'utiliser pour électrocuter Peter et le persuader d'être plus coopératif. Mais il abandonna bientôt cette idée trop complexe. Il aurait facilement pu se diriger vers Peter, qui pleurnichait, assis par terre, et lui écrabouiller la cervelle, mais il voulait respecter un certain cérémonial et balancer le cric à partir d'une position élevée, comme il avait l'habitude de le faire au travail.

— Hé, vous deux ! dit-il aux bouchers adossés à la porte. Donnez un coup de main à Bob et amenez-moi le petit merdeux.

Les deux hommes, qui ne pensaient probablement pas participer à autre chose qu'à une raclée spectaculaire, obéirent et s'emparèrent de Peter.

— C'est bien, encouragea Verdon. Maintenant, amenez-le jusqu'ici, pour que je puisse prendre mon élan et le frapper comme il faut.

*

* *

Mol n'avait pas la moindre intention d'entrer dans le sac que Mick lui tendait. Il avait reculé sur une branche fine et lançait un regard furieux à son maître, lui brisant le cœur en le tenant catégoriquement pour responsable de sa douleur et de son angoisse.

— Allez, Mol, roucoula-t-il avec patience. Viens vers moi, je vais t'aider à descendre.

Mick, au plus profond de lui, redoutait ce qu'il allait devoir faire : la patte du chat était visiblement cassée et fourrer l'animal dans un sac pour l'emmener chez le vétérinaire ne ferait qu'empirer les choses dans l'immédiat. Mais que pouvait-il faire d'autre ?

Il appela les hommes qui tenaient l'échelle.

— Qu'un de vous aille appeler le véto ! Dites-lui de venir le plus vite possible.

Puis un doute le saisit. Et s'il parvenait à secourir Mol dans les prochaines minutes ? Il serait obligé d'attendre le véto. Il était peut-être préférable de conduire Mol à la clinique sur-le-champ.

— Non, attends ! lança-t-il. Je vais essayer de l'attraper.

Jenny tournait sa face ronde et anxieuse, souillée de larmes, vers son mari et son chat.

— Sois prudent, Mick, implora-t-elle.

— Je suis prudent, renvoya Mick, agacé.

Il vacillait de plus en plus dangereusement pour atteindre Mol.

— Cette putain d'échelle est mal placée, il faut la déplacer, poursuivit-il.

Il descendit et la planta juste au-dessous de Mol.

— Laisse-moi monter, Mick, proposa une nouvelle fois le serveur, je suis plus léger que toi.

— Je m'en occupe, rétorqua sèchement Mick en remontant sur l'échelle.

L'échelle arrivait à environ un mètre du chat. Après une montée instable, Mick se dressa et oscilla dangereusement jusqu'à ce qu'il s'appuie à une branche. Puis il escalada les deux derniers barreaux et, planté au sommet de l'échelle, il s'agrippa à la branche d'une main et tint le sac de l'autre.

Mol était enfin à portée de main.

Il tendit le sac ; le félin ingrat lui taillada la main.

— Allons, allons, Mol, dit Mick sans se préoccuper des traînées de sang ou de la douleur qui lui brûlait la main. Viens ici, mon vieux.

Bondissant sur le chat avec le sac, il dérapa et se tint suspendu, un pied en l'air, l'autre sur le barreau, la branche ployant sous son poids. Mol montra les dents. Jenny hurla et prêta sa masse considérable au serveur, pour stabiliser l'échelle. Mick laissa tomber le sac pour agripper la branche à deux mains. Il tâtonna de son pied qui était encore dans le vide et finit par trouver le barreau, mais il ne put y prendre appui et fut incapable de rétablir son équilibre. Il pendait donc à la branche, les pieds posés sur l'échelle, penché dans le vide et sans grand espoir d'en bouger.

*

* *

Verdon leva le cric pendant que les hommes forçaient Peter à passer devant lui.

— Vas-y doucement, Johnny, lui conseilla Harris, qui avait perdu confiance en la précision de Verdon.

Peter lança un regard incrédule vers le visage imbibé de l'homme planté sur le lit, son arme à la main, résolu à le tuer.

Il se débattit en criant, secouant la tête de droite à gauche.

Verdon leva encore le cric. Il n'arriverait jamais à prendre un élan convenable, mais il se contenterait de le laisser tomber sur la tête du petit salopard.

Peter se mit à lancer des coups de pied, les deux jambes levées, il frappait dans tous les sens, avec frénésie. Mais avec sa petite carrure, il n'avait pas le moindre impact sur les bouchers qui le traînaient inexorablement.

Quand il fut à sa portée, Verdon frappa.

Peter hurla et fut pris de convulsions. Verdon chancela légèrement en frappant. Le cric atteignit l'un des bouchers et lui brisa la clavicule d'un coup net.

L'homme rugit en relâchant son emprise sur Peter.

Peter se défila, s'éloigna de l'autre boucher, et, voyant le cric pendiller devant ses yeux, alors que Verdon luttait pour ne pas perdre l'équilibre, il s'en empara. Verdon dégringola et Peter se retrouva momentanément libre avec un cric dans les mains. Il le brandit en de grands gestes désespérés, mais n'atteignit personne. Il se dirigea vers la porte, mais quelqu'un lui barra la route. Il fit demi-tour, fonça sur la fenêtre en jetant le cric devant lui. L'outil traversa la vitre, brisa le verre et disparut en tournoyant dans le noir. Peter le suivit.

Il dégringola de la fenêtre dans les plus hautes branches de l'arbre, à quelques mètres de Mick, toujours suspendu entre l'échelle et la branche.

Peter s'accrocha aux rameaux et sa chute le mena droit sur le patron. Mick, assailli presque simultanément par un cric, une pluie de verre et un garçon gesticulant et hurlant, lâcha prise. Il s'effondra sur Jenny et, avec ses cent vingt kilos, il la tua sur le coup.

L'avocat de la défense :

Quelle que soit votre opinion sur cet exposé des faits, je vous demande de songer une nouvelle fois aux éléments requis pour prouver qu'un meurtre a été perpétré. Vous devez établir si :

Il y a eu mort d'un être humain ;

L'accusé a provoqué la mort de cet être humain ;

L'acte a été perpétré avec une indifférence inconsidérée pour la vie humaine.

Et réfléchissez à ceci : la vente d'alcool à un homme en état d'ébriété peut être considérée comme un meurtre quand cet acte aboutit au décès d'autrui.

La seule vérité de cette affaire, la seule à ressortir de ce procès, c'est que le patron de l'hôtel a assassiné sa femme.